実は、他のクラスの方から告白されたんです
――ガシャン。
お嬢の手から紅茶の入った
カップが滑り落ち、床で砕け
だというのに、お嬢はカップ
手に持った仕草のまま硬直
俺が告白されてから、
お嬢の様子がおかしい。
1

お嬢、新ライバルを
警戒する
天堂星音
天堂グループの令嬢。恋愛以外は全てにおいて完璧なお嬢様。最愛の執事である影人を落とすべく日々アプローチを仕掛けるが、そのたびに返り討ちにあってしまう。
夜霧影人
天堂家に仕える使用人で星音の執事。完璧な主人を完璧にサポートする超人。モテモテだが、お嬢一筋で恋愛方面は無頓着気味。

風見雪道
影人の友人で、星音の幼馴染。星音の影人への想いを知っており、彼女の計画に加担させられがちな苦労人。
羽搏乙葉
世間で話題の「歌姫」と呼ばれる少女。とある事情で歌手としての活動を休止中。影人と出会ったことで救われ、彼に惹かれるようになる。

『……特別なのは私だけ？』
「はい。俺にとって特別な方は、この世でお嬢だけです」
お嬢、返り討ちに遭う

俺が告白されてから、お嬢の様子がおかしい。1

左リュウ

HJ文庫
1131

口絵・本文イラスト　竹花ノート

CONTENTS

ORE GA KOKUHAKU SARETEKARA,
OJO NO YOSU GA OKASHII

プロローグ　これはこういうお話です

お嬢《じょう》は全てを持っている人間だ。

「うおっ。見てみろよ。天堂《てんどう》さん、また全教科満点で一位とってるぜ」

成績優秀《ゆうしゅう》。

「確かこの前、テニス部に勧誘《かんゆう》されてなかったか？　練習試合で全国大会出場者に勝ったとかなんとかで」

スポーツ万能《ばんのう》。

「芸能事務所からスカウトされたって話だぜ。ＣＭのオファーだってあったとか。さっすがはアイドル顔負けのスタイルと美貌《びぼう》の持ち主だよなぁ」

容姿《ようし》端麗《たんれい》。

「しかも実家は世界的にも有名な天堂《てんどう》グループだろ？　とても同じ高校生とは思えねぇよなぁ」

まさに全てを持っているといっても過言ではない、完璧《かんぺき》な人間。

それがお嬢――天堂星音《てんどうほしね》様だ。

「おはようございます、お嬢」

「おはよう、影人《えいと》」

長い金色の髪《かみ》が窓から入ってくる朝日に照らされてキラキラと宝石のように輝《かがや》き、澄《す》んだ海のように蒼《あお》い瞳《ひとみ》が今日も美しい。

整った顔立ちも、豊かな胸も、腰《こし》のくびれも、全てが計算され尽《つ》くされたようなバランスを保っている。奥様《おくさま》……お嬢の母親からして美人で若々しく、スタイルも抜群《ばつぐん》なので、その遺伝子を引き継《つ》いだのだろう。

「今日はいい天気ね。きっと過ごしやすい一日になるわ」

「予報では午後から雨が降るとありましたが……」

「そう？　私はそうとは思わないけれど」

お嬢は不思議なほど勘《かん》が良い。テキトーに言ったことが的中するところを何度《なんど》も見てきたし、逆に外したところを見たことがない。天気に関してもそうだ。予報では雨でもお嬢が晴れだと言えば本当に晴れたことが何度もあったし、その的中率はなんと百パーセント。

恐《おそ》らく午後も雨は降らないのだろう。

「お嬢の勘はよく当たりますからね」

「そうね。でも、勘が当たりすぎるのも考え物よ？　予想外のことが起こらなくて退屈《たいくつ》になりそうだもの」

「贅沢《ぜいたく》な悩《なや》みですね。……紅茶のおかわりは？」

「お願い」

空になったカップに温かい紅茶を注ぐ。それを見たお嬢は、満足げに微笑《ほほえ》んだ。

「流石《さすが》は影人《えいと》ね。私に対しての気遣《きづか》いは、やっぱりあなたが一番だわ」

「お嬢に拾われてから十年以上は経《た》ちましたからね。これぐらいは当然です」

「ふふっ。そうね。もうそんなに経つのね」

お嬢は紅茶に口をつけながら、その香りや味を丁寧《ていねい》に楽しみつつ、くすりと笑う。

「お互《たが》いにもう高校生だし……変わったわよね。色々と」

「そうですね。特に最近は、それを強く感じることがありました」

「へぇ。それって、どんなこと？」

「実は、他のクラスの方から告白されたんです」

――――ガシャン。

音がした方を振《ふ》り向くと、お嬢の手から紅茶の入ったカップが滑《すべ》り落ち、けたたましい音を立てながら床《ゆか》で砕《くだ》け散っていた。

だというのに、お嬢はカップを手に持った仕草のまま硬直《こうちょく》している。まるで時間でも止まったみたいに。

「それで？」

「お、お嬢⁉　大丈夫《だいじょうぶ》ですか、火傷《やけど》は……！」

「えっ？」

「だから、告白されてどうしたの？」

え。なんだ。お嬢の顔が……笑っているのに、笑ってない気が……。

「お断りしましたけど……」

「本当に？」

「はい……」

「嘘《うそ》はついてないわよね？」

「勿論《もちろん》です」

「…………」

「…………」

「…………そう」

お嬢はすっと肩《かた》の力を抜《ぬ》く。……ああ、よかった。いつものお嬢に戻《もど》った。

「お嬢、火傷はしてませんか？」

「大丈夫よ。それより悪いんだけど、新しいのを淹《い》れてくれるかしら？」

「かしこまりました」

ひとまず割れたカップの片付けを同僚《メイド》に頼《たの》みつつ、俺《おれ》は新しく紅茶の入ったカップをお嬢の前に運ぶ。

「それで？　告白されたことが、変わったと感じることにどう繋《つな》がるの？」

「そうですね。流石にこうも立て続けに告白されたことはなかったので……」

――ガシャン。

「ちょっと待って」

「お嬢!?　火傷は……！」

「どうでもいいでしょそんなことは」

「どうでもよくありませんけど!?　それにカップの破片《はへん》だって……！」

「こんなもん足でどけときゃいいのよ」

「危ないのでおやめください。……というか、割れてしまったとはいえ一つ数百万はするカップの扱《あつか》い方《かた》じゃないですよ……」

「あのね。世の中にはお金よりも大切なことがあるの。たとえば、あなたが立て続けに告白された話とか」

「すみません。さすがに数百万の価値はありません」

「そんなわけないでしょ？　数百万で買えるなら買ってるわよ？　むしろ買わせなさいよ！　数百万なんて言わずに数千万だろうと数億だろうと現金で叩《たた》きつけてやるから！」

「お、落ち着いてくださいお嬢。金銭感覚がおバグりになられてます」

一度お嬢には落ち着いてもらい、割れたカップの処理を再び同僚《メイド》に頼む。

「……それで。立て続けに告白されたって、どういうこと？」

「え？　言葉の通りですが……何日か立て続けに告白を受けてた時期がありまして。高校生ともなるとやはりこれまでとは変わった体験ができるものだと……」

「それっていつの話？」

「先日、お嬢が旦那様《だんなさま》や奥様と家族水入らずで旅行に行かれていた時ですね」

「チッ……！　あの時に……二泊《はく》三日ぐらいならと思って油断したわ……！」

すごい。お嬢がここまで悔《く》やんだ姿なんて中々見れないぞ。

「……ねぇ。そもそもあの旅行、なんで影人《えいと》はついて来なかったの？」

「旦那様より直々に、家の留守を任されましたので」

「…………あとでお父様に『きらい』って送っておくわ」

「おやめください。天堂《てんどう》グループを潰《つぶ》すつもりですか」

旦那様はお嬢のことを深く溺愛《できあい》しておられるからな。

そんな言葉を受けようものなら再起不能になってもおかしくはない。

「……告白は全て断ったの？」

「そうですね。心苦しかったのですが……」

「……理由は？」

「俺の人生はお嬢に捧《ささ》げると誓《ちか》いましたから。他の女性を幸せにするための余裕《よゆう》はありませんと、お断りさせていただきました」

「いつもサラッとそういうこと言うから、他の泥棒猫《どろぼうねこ》がフラフラ近づいてくるんでしょ？　嬉《うれ》しいけれど」

「なぜお怒《いか》りに……？」

あとなんだ。泥棒猫って。

「ちなみになんだけど」

「はあ……」

「……もし私のことがなかったら、その告白を受けてた？」

「どうでしょうか……お嬢がいないこと自体があまり想像できないので、難しいですね」

「ふふっ。そう？」

「ですが……俺には勿体《もったい》ないほど魅力的《みりょくてき》な女性ばかりでしたので、そんな未来もあったかもしれませんね」

「私、絶対に居なくならないから」

「そ、そうですか……」

なんだろう。お嬢は笑っているはずなのに、物凄《ものすご》い圧を感じる……。

「まったく……油断も隙《すき》もあったものじゃないわね……」

「……珍《めずら》しいですね。お嬢がそんな必死そうな顔をされるなんて」

「当たり前よ。どうしても欲《ほ》しいものがあったら、誰《だれ》だって必死になるでしょう？」

「全てを持っているお嬢がそこまで欲しいものなんて、一体どんなお宝なんですか？」

「どんな、ねぇ……鏡でも見てきたらいいんじゃない？」

「鏡が欲しいんですか？」

「まったく……あなた、そこだけは高校生になっても変わらないわね」

お嬢の顔は、どこか拗《す》ねているようで、呆《あき》れているようでもあって。

「……全てなんて持っていないわよ。だって、一番欲しいものが手に入らないんだから」

☆

私の影人《えいと》はとても優秀な使用人だ。

「影人《えいと》くんに勉強教えてもらったおかげでテストの点数上がったよー！　ありがとっ！」

「いえ。点数が上がったのはあなたの努力があってこそです。俺はただ、ほんの少しその手伝いをしただけですよ」

仕事の合間を縫《ぬ》って勉強して、上位の成績を常に維持《いじ》している。しかも人に教えるのが上手《うま》い。

「影人《えいと》くん！　球技大会でやってたサッカーの試合、かっこよかったよ！　サッカー部が相手だったのに大活躍《だいかつやく》だったし！」

「チームメイトに助けられたんですよ。それに相手も強くて、紙一重の試合でした」

スポーツだって出来る。元々、お父様に厳しく鍛《きた》えられたというのもあって、腕《うで》っぷしだって並の軍人や傭兵《ようへい》が束になっても敵《かな》わないぐらい……らしい。

「影人《えいと》くん、よかったら演劇部に入ってみる気はない？　君なら間違《まちが》いなくスターになれるよ！　固定ファンだって多いし……おっと、これは失言だったかな。まあともかく、どうかな？」

「大変光栄なお話ですが、申し訳ありません。今回はお断りさせてください。俺よりも相応《ふさわ》しい演劇部のスターは、きっと星の数ほどいらっしゃると思います」

眉目秀麗《びもくしゅうれい》というのだろう。顔立ちも整ってるし、夜色の瞳も綺麗《きれい》だし。身長だってあるし。振る舞《ま》いだって紳士的《しんしてき》だし。他の女の子が夢中になるのも分かる。

というか、私は知っている。学園内に影人《えいと》のファンが多数いることを。

誰もかれもが隙あらば影人《えいと》を狙《ねら》おうとしている。今は私に仕えているから目立った動きは少ないけれど、ひとたび私が席を外せば御覧《ごらん》の通り。

おまけに知り合いの令嬢《れいじょう》までもが事あるごとにスカウトしてくることだってある。

本当に……泥棒猫共には困ったものだわ。

私の方がずっとずっとずっとずぅううううう〜〜〜〜〜〜〜〜〜〜〜っと前から影人《えいと》のことを好きだったのに、ただの新参がいけしゃあしゃあと近寄ってくるんだから。

…………そう。私はずっと前から影人《えいと》のことが好きだった。

私は幼い頃《ころ》からたいていのことは何でもできた。上手くいった。思い通りに出来た。欲しいものは何でも手に入ったし、手に入らないものなんてなかった。

才能だって地位だって名声だって容姿だって、望まずともこの手の中に在った。

そんな時に出会ったのが影人《えいと》だった。

彼《かれ》は家族に捨てられた。親が影人《えいと》だけを残して蒸発したらしい。

私が彼を見つけたのは偶然《ぐうぜん》で、私が彼を拾ったのは、その全てを失ったような眼が印象的だったからだ。

そしてお父様は、影人《えいと》の境遇《きょうぐう》に色々と思うところがあったらしい。自分も似たような経験がある、と笑って、私の『ワガママ』を引き受けてくれた。

彼を拾ったのは気まぐれのようなもの。その時に欲しいと思ったものを手に入れた、ぐらいの感覚。

……でも影人《えいと》はそれ以上、私の思い通りになんてならなかった。

「お嬢、ピーマンもちゃんとたべてください。……おれが代わりにたべる？　だめです。お嬢のためなんですから」

ワガママを聞いてくれないことだってあるし。

「お嬢。もう少し思いやりというものをもってください。そうやってワガママばかり言っていると、みんなお嬢のことをきらいになっちゃいますよ」

私にお説教なんかしてくるし。

「お嬢、さびしいならさびしいって言った方がいいです。……だんなさまとおくさまがお嬢のことをきらってる？　そんなことはありません。たしかに今日はおしごとが入ってしまって、来られませんが……おふたりとも、お嬢のことはだいすきですよ。……今日はざんねんでしたね。おれでよければ、お嬢のたんじょうびをお祝いさせてください」

私が寂《さび》しいことにも気づいて、傍《そば》に居てくれるし。

「こんなところに隠《かく》れてたんですか。……どうしてここが分かったって？　お嬢のことなら分かりますよ。ほら、帰りましょう。みんなさがしてますよ」

隠れて泣いていても、見つけてくれるし。

「お嬢はたしかになんでもできますけど、なにもしてないわけじゃないですよね。いっぱいがんばって、努力してますよね。だいじょうぶです。あの方はそれを知らずにひどいことを言ってしまいましたが……おれは知ってますよ。お嬢が、とってもがんばりやさんなことは」

私のことを、見ていてくれるし。

……理由なんてそれ以外にもたくさんある。それこそ数えきれないほどに。

私は色んなものを手に入れてきた。

でも、影人《えいと》の心だけは手に入れることは出来ていない。

私が人生で一番ほしいと思ったもの。人生をかけてでも手に入れたいと思ったもの。

それさえあれば、他には何も要《い》らないと思ったもの。

うん。だから、他の泥棒猫なんかには渡《わた》してやらない。

………まあ。これまで色んな方法のアプローチを試《ため》しているけれど、影人《えいと》は一向に気づいてくれない。

この前なんかわざわざ家の使用人を動員させてまでシチュエーションを作ったりしたのに……距離《きょり》が近すぎるのが問題なのかしら？　いっそ囲《かこ》い込《こ》みを先に進めた方がいいかもしれない。新参の泥棒猫がちょっかいをかけてくるまえに勝負をつけないといけないのだけれども、これがなかなか手強《てごわ》い。

……でも、諦《あきら》めはしない。

全部なんて要らない。全て持ってなくてもいい。

それでも。

「一番欲しいものだけは、誰にも渡さないわ」

「？　どうかされましたか、お嬢」

「覚悟《かくご》しなさい、って話」

さて。今日はどんな手を使って、アプローチしてやろうかしら。

☆

……困った。お嬢がまた何かを企《たくら》んでいらっしゃるぞ。

この前の雨の日は、急に屋敷《やしき》中の傘《かさ》をへし折った挙句、送迎《そうげい》用の車のタイヤを全てパンクさせ、最後にはなぜかへし折られず残っていたやや小さめの傘を差しだしてきて「今日は相合傘《あいあいがさ》で登校しましょう」とか言ってきたっけ。その時と同じ顔をしている。

そういうお転婆《てんば》（で済むレベルなのかは定かではないが）なところが、星の数よりも多いお嬢の魅力《みりょく》の一つではあるが、そういう行動に出る時はだいたい俺が振り回される可能性が高い。いや、それ自体は別にいい。お嬢に振り回されることは光栄だ。名誉《めいよ》あることだと言い換《か》えても問題はないだろう。

しかし俺とて年頃《としごろ》の男の子。健全なる男子高校生である。

相合傘ぐらいなら特に問題はないが、たまに暖を求めてベッドの中に潜《もぐ》り込んできたりと、やたらと距離の近いあれこれが続くのは些《いささ》か問題がある。

………幸いというべきか。

俺は自分の身分と立場というものをきちんと理解している。

親に捨てられた薄汚《うすぎたな》い子供。たまたま天堂《てんどう》家に拾われ、お嬢と出会えた。ただ幸運だっただけの子供。それが俺だ。

お嬢はこんな俺にもよくしてくださっているが、それはお嬢がこの地球、宇宙、銀河を含《ふく》めて最も優《やさ》しいお方だから。

どれほど距離が近くとも、勘違《かんちが》いだけはしてはいけない。

そんなことはありえない。

俺はそれを常に自分に言い聞かせており、なおかつ天堂《てんどう》家を守護する者として、精神の鍛錬《たんれん》を積んでいる。だから健全な男子高校生ではあるものの、勘違いだけはしない。

俺でなければ簡単に恋《こい》に落ちてしまっているところだ。

(あとでお嬢に言い聞かせておかないと)

男性を勘違いさせるような行動は控《ひか》えた方がいいですよ、って。

「電車通学ってどういう感じなのかしら」

第一章　お嬢、がんばる

朝。天上院学園へと向かう送迎車《そうげいしゃ》の中で、お嬢が唐突《とうとつ》にそんなことを口にした。

「車での送迎に不満がおありなんですか？　要望があるなら仰《おっしゃ》ってください。すぐに対応いたします」

「別にそういうわけじゃないけど。クラスの子が電車通学の話をしてたから、ちょっと気になって」

つまり興味が湧《わ》いてきたと。

お嬢はなまじ勘が良く、色々なことが出来てしまうせいなのか、好奇心旺盛《こうきしんおうせい》な部分がある。未知のことに対する興味を惹《ひ》かれやすいのだ。今回はそれが『電車通学』に向いてきたのだろう。

「……そういえば、お嬢は普段《ふだん》あまり電車を利用されませんね」

「行きたいところがあれば送ってもらえるもの。電車通学まで行くと、経験は皆無《かいむ》ね。どうせなら、一度経験してみようかしら」

「といっても……そう面白《おもしろ》いものでもありませんよ。電車通学という名前の通り、ただ電車に乗って通学するだけですから。特に朝の時間帯は混雑いたしますので、窮屈《きゅうくつ》な思いをされるかと」

「窮屈？」

「学生だけではなく、通勤されている大人の方々も電車を利用されますから。その分、人も多くなりますし、時間帯によっては席に座《すわ》ることもままなりません」

「ふーん。聞いてた通り大変なのね」

「特に満員電車だと他人と密着せざるを得ないので、お嬢には――――」

「今日は電車で帰りましょう」

「俺の話、聞いてました？」

「もちろんよ」

「なら、今日は――――」

「電車で帰りましょう」

「お嬢⁉」

どういうことだ。俺の言葉を聞き間違えているのか？

念のためにもう一度、説明をしておこう。

「お嬢。電車で帰ることは、期待しているほど良いものでもないと思いますよ」

「そうなの？」

「ええ。夕方のラッシュ時に巻き込まれでもしたら、簡単に離《はな》れられないほど他人と密着することになるんです」

「今日は天変地異が起きて世界がひっくり返ったとしても、絶対に電車で帰りましょう」

なぜだ……！　なぜ、お嬢はそこまで電車に拘《こだわ》るんだ……！

「影人《えいと》。今日はあなたも一緒《いっしょ》に電車に乗りなさい」

「もちろん、そのつもりですが……お嬢。何に期待しているのかは分かりませんが、あまりご無理をなさらないようにしてくださいね」

「無理なんてしてないわ。むしろ、期待で胸が膨《ふく》らんでしまいそうだから安心してちょうだい」

理由は定かではないが、どうやらお嬢はどうあがいても電車に乗りたいらしい。

お嬢の気まぐれも今回は妙《みょう》な方向に働いてしまったものだ。

……ま、そこがお嬢の魅力でもある。俺は使用人として、お嬢の望みを叶《かな》えるだけだ。

（学園の近くにある駅から屋敷までのルートも、時間帯ごとの平均的な混雑状況《じょうきょう》も頭に入ってる……天候も問題なし。あとは下校時間か。ラッシュの時間帯に被《かぶ》らないように調整したいけど……これに関してはお嬢の気分次第《しだい》だから祈《いの》るしかないな）

頭の中で今日の下校時の予定を組み立てていると、お嬢はとても真剣《しんけん》な表情でスマホに何かのメッセージを打ち込んでいる。

……珍しいな。お嬢は多才でありながら努力家だ。それだけに全体的にスペックも高く、昔ならともかく今はたいていのことは涼《すず》しい顔をして完璧にこなしてしまう（もちろん、その裏には努力があるのだが）。そんなお嬢があそこまで真剣な表情をしているとなると、よほど重要な案件なのだろう。

（声をかけたいけど……集中を途切《とぎ》れさせるかもしれないし、ここは見守っておこう）

授業はすべて何事もなく終わり、放課後が訪《おとず》れた。

鼻歌でも歌いそうなほど機嫌《きげん》は良く、帰宅部の生徒たちに交じって、真っすぐに駅へと向かって歩いていく。

……お嬢、学園から駅までの道を歩くのは初めてじゃないのだろうか。まるであらかじめ地図を熟読して完璧に道のりを把握《はあく》しているような足取りだ。

「お嬢、この道を歩いたことがあるんですか？」

「はじめてよ。普段は車だし」

じゃあなんでこんなにも迷いなくすいすい進んでいるのだろうか。

まさか本当に地図《ルート》を熟読して頭に叩き込んでいたのか……いや、いくら電車で帰ることに興味があったところでそれはないか。

「あ、影人《えいと》くんと天堂《てんどう》さんだ」

「今日はどうしたの？　いつもは車だよね」

普段は車で登下校しているお嬢と俺が一緒に下校しているのが珍しいのだろう。

同じ学年の女子生徒たちが声をかけてきた。

「こんにちは。今日は気分を変えて、電車で帰ることになったんです」

彼女《かのじょ》たちは隣《となり》のクラスの生徒か。中等部時代は同じクラスになったことはない。

お嬢との接点はないが、これから増えるかもしれないしな。

相手を不快にさせない清涼《せいりょう》感のある笑顔《えがお》を心がけろ。俺が原因で、お嬢の評判を落とすわけにはいかないのだから。

「…………っ……。そ、そうなんだ。わたしたちと一緒だねっ」

「じゃあ……一緒に帰らない？　影人《えいと》くんのお話とかも聞いてみたいしっ」

「お嬢。いかがいたしま――――」

「ごめんなさい。私たち、今日は急いでるの」

ニコリとした完璧な笑顔を見せつけると、お嬢は俺の腕を掴《つか》んでそのまま早足でつかつかと歩き出してしまった。

「お、お嬢？　どうされたんですか？」

「どうもこうもないでしょ。なによ今の笑顔」

「お嬢の評判を落とさないよう心がけたつもりなんですが……」

「あんなことされるぐらいなら私の評判なんか地べたに叩きつけなさい！」

「叩きつけられませんが⁉」

「とにかく急ぐわよ！　今すぐ！　この危険地帯から！　離れるの！」

そうしてしばらく早足で進み、俺たちは駅に辿《たど》り着いた。

この時間帯なら混雑もしない。ましてや、満員電車なんてことは天地がひっくり返らない限りありえないだろう。いるのはせいぜい俺たちと同じ、下校途中《とちゅう》であろう学園の生徒たちだ。

「影人《えいと》。どこにもお弁当が売ってないのだけれど」

「ああいうのは新幹線が通る大きな駅でもないと。少なくとも、これぐらいの規模の駅には売ってません」

「そう。一度食べてみたかったから、残念だわ」

「またの機会にいたしましょう。その時は手配しますから」

「だめよ。お弁当を駅で買いたいの」

そんな雑談を交《か》わしていると、定刻通り電車がやってきた。

ドアが開き、そのままお嬢と共に中へと入る。やはりこの時間帯だと車内はまばらだ。

同じ学園の生徒たち以外、ほとんど乗客はいない。

「お嬢、お座りください。席も空いていますし」

「このままでいいわ」

主であるお嬢を差し置いて俺が座っているわけにもいかない。必然、俺もまた席がガラガラになっている電車の中で佇《たたず》むことになった。

（お嬢も、これで電車に対する好奇心《こうきしん》を少しでも満たしてくださるといいけど……）

お嬢の傍に控えつつ揺《ゆ》られていると、電車は次の駅に停車した。

扉《とびら》が開き、ホームから次々と人が乗《の》り込んできて……乗り込んできて？

「ん？」

なぜか駅のホームから大量の人がなだれ込んできた。俺が困惑《こんわく》している間にあっという間に車内は満員となってしまい、座るどころではなくなってしまった。

（ど、どういうことだ？　ラッシュの時間帯でもないのに、なぜこれだけの人数が……？）

学園にいる間に、下校ルート上にある駅周辺の情報は全て頭に叩き込んだ。

大したイベントもなかったはずだ。あるとしてもせいぜい福引や風船配りみたいな、ちょっとしたものだけで……。

「あら。満員になってしまったわね」

「そ、そうですね。申し訳ありません、お嬢。俺のミスです」

「あなたのミスなんかじゃないわ。たまたま、偶然、この車両に人が集まってしまっただけよ。全ての人間の流れを把握することなんて出来ないのだから、気にする必要なんてどこにもないんだから」

「ですが、お嬢に窮屈な思いをさせてしまうことに……」

「大丈夫よ。ぜんぜん窮屈なんかじゃないから」

流石だ。お嬢は突然《とつぜん》の満員電車にも一切《いっさい》動じず、ニコリと笑っている。

俺も見習わなきゃいけないな。多少、予想外のことが起きた程度で動じているようではまだまだだ。

「っと……」

車両が揺れると同時に人の波も動く。出来るだけお嬢のスペースを確保しようとしたものの、この人数だとそれも叶いそうにない。

「申し訳ありません、お嬢。少しの間ご辛抱《しんぼう》を……」

「気にしないで。そんなことより、遠慮《えんりょ》しなくていいから。私をしっかりと守りなさい」

☆

高等部に進学して、まさかこんなにも早く泥棒猫が出てくるなんて思わなかった。

正直言って、私は焦《あせ》っていた。何か手を打たないといけない、と。でも考えても中々、良い手は浮《う》かばなかったところに……灯台もと暗しとはまさにこのこと。答えはすぐ近くにあった。

満員電車。その手を見落としていたなんて、私もまだまだね。

普通《ふつう》なら、満員電車にメリットはないと考えるかもしれない。

ええ。そうね。私だって、好んで乗りたくはないわ。

けれど……そこにメリットがあるとしたら。これ以上ないほどのメリットがあるのなら、どうかしら。

「特に満員電車だと他人と密着せざるを得ないので、お嬢には――」

「今日は電車で帰りましょう」

密着。そうね。物理的接触《せっしょく》は有効かもしれないわ。

自慢《じまん》じゃないけれど私の発育は良い方だ（この前も胸の部分が少し窮屈になったし）。

……しかも満員電車なら、さり気なく、自然に、必然的に、密着できる。自分の武器を有効に活用できるこれ以上ないシチュエーションだ。あと私も嬉しい。

私はその手を思いつくと、すぐさま実行に移した。

スマホを取り出し、天堂《てんどう》家専用のアプリ（ちなみに私が自ら作り上げた特別製だ）からメッセージを送信する。プランは二秒で組み立てた。あとは人員を確保するだけ。その人員も、天堂《てんどう》家の力を使えば造作もない。

やることは至って単純。

私が指定した時刻に、私が指定した車両に乗り込んでもらうだけ。たったそれだけ。

……まあ。珍しく影人《えいと》が電車で帰ることで、別の泥棒猫が出てきたのは予想外だったけれど……問題ないわ。この満員電車で決めればいいの。

手配した人員が電車に乗り込んでくると影人《えいと》は困惑していたけれど、私としては満足だった。いや。満足じゃないわね。むしろ勝負はここからだ。

「申し訳ありません、お嬢。少しの間ご辛抱を……」

「気にしないで。そんなことより、遠慮しなくていいから。私をしっかりと守りなさい」

「……分かりました」

手配した人員たちに押《お》される形で私と影人《えいと》の距離が詰《つ》まる。影人《えいと》は電車の壁《かべ》に腕をつけながら私の身体を守ろうとしてくれているけれど、やっぱり人が多いせいか、互いの身体が密着する形になってしまう。

……ん。身体をこうして密着させるのはやっぱりちょっと、恥《は》ずかしいけれど。

影人《えいと》が少しでも私のことを意識してくれるきっかけになるかもしれない。

……ふふっ。悪いわね、影人《えいと》を狙う泥棒猫たち。

近いうちに勝利宣言をさせてもらうことになりそうよ。

「お嬢《じょう》、苦しくありませんか？」

「私は大丈夫よ。むしろ、もっと近づいてくれたって――――」

見上げて。

（――――……あ）

思っていた以上に近くに、影人《えいと》の顔があって。

夜空のように綺麗な瞳に吸《す》い込まれそうになって、頭の中で考えていた計画とか、余裕とか、そういうのも全部真っ白になった。

（近い、わね……思っていたより、ずっと……それにこの姿勢……なんていうか……）

研究用に鑑賞《かんしょう》していたドラマや漫画《まんが》とかで見たことがある。

あれでしょ？　『壁ドン』ってやつでしょう？　まさか成り行きとはいえ、影人《えいと》からしてもらえるなんて……。

（あ、あれ？）

急に顔が熱くなってきた。心臓も、どきどきして……。

「お嬢」

「ひゃっ……な、なにかしら？」

「お顔が発熱しているように見受けられます。もしかして、体調を崩《くず》されたのでは……」

「ち、違《ちが》うわっ。大丈夫よ。だいじょうぶ、だから……」

……どうやら私は、自分のキャパシティを十分に把握してなかったらしい。

「今は……あんまり、見ないで」

そのことに気づいたのは、電車を降りて動けなくなったあとだった。

ちなみに、後日。

影人《えいと》が壁ドンをしながら女の子を守っていた、という噂《うわさ》だけが流れてファンが少し増え

たということを知り、私は壁を殴《なぐ》りそうになった。

☆

天上院学園高等部の一年Ａ組。

それがこの春からお嬢と俺が在籍《ざいせき》することになったクラスだ。

既《すで》に入学式から一ヶ月が経過しているこの時期ともなると、クラスの中でもある程度のグループが固まっている。

学園の生徒たちの間では、お嬢と俺のように中等部からエスカレーター式で高等部に進学した生徒たちは『内部生』。そして外部から入学試験を受けて入ってきた生徒たちは『外部生』と呼ばれているが、グループは主にこの『内部生』と『外部生』で二分されている。

中等部からの付き合いがある分、やはり『内部生』同士で固まりやすいのは当然の流れであり、そうなってくると既に出来上がった輪に入りにくい『外部生』たちは、同じ『外部生』で固まってしまうのも仕方がない。

そして目下、俺が抱《かか》えている課題の一つに、

（お嬢にご友人がいないんだよなぁ………）

高等部進学から一ヶ月ほど経《た》ったものの、お嬢に友人と呼べるものがまだ一人も出来ていない。むしろこれは中等部の頃から抱えていた課題でもある。

別に周囲から避《さ》けられているわけではない。羨望《せんぼう》の眼差《まなざ》しを向けられている方だろうし、話しかければ普通に受け答えもする。先日も下校途中に見知らぬ女子生徒たちから話しかけられたぐらいだ。

ただ、友人と言えるほど深い仲の生徒は殆《ほとん》どいない。

良くも悪くも平等と言えばいいのだろうか。それが悪いこととは言わないし、無理に友人を作る必要もないのだが、お嬢の世界を狭《せば》めてしまわないか。それだけが心配だ。

「なに難しい顔してんだ？　影人《えいと》。……さては、今頃《いまごろ》は体育館で健康的な汗《あせ》をかいている、女子の体操着姿に想《おも》いを馳《は》せているのか？　分かる。その気持ちは分かるぜ、影人《えいと》。特に天堂《てんどう》さんの体操着姿はさぞ暴力的な魅力を内包して……」

「それ以上、口を開くなら速《すみ》やかに懺悔《ざんげ》を済ませてこい、雪道《ゆきみち》」

「相変わらず、天堂《てんどう》さんが絡《から》むとお前は物騒《ぶっそう》だねぇ……」

茶色く染め上げた伸《の》ばし気味の髪《かみ》。細身ながら適度《てきど》に筋肉のついたバランスの良い体。たとえるなら、人懐《ひとなつ》こい犬のようなものだろうか。その言動や振《ふ》る舞いは、いつの間にか懐《ふところ》に潜り込んでくるような気安さを感じさせる。

いつもは制服を着崩しているが、今は体操着を身に着けてホールドアップしている男子生徒は、風見《かざみ》雪道《ゆきみち》。

親同士……つまりお嬢の両親と、雪道《ゆきみち》の両親の仲が良いということもあって、俺《おれ》やお嬢とは幼少の頃からの付き合いだ。お嬢程《じょうほど》ではないにしても高い水準の学力に加え、たった一ヶ月足らずで『外部生』にも溶《と》け込んでいるほどのコミュニケーション能力。チャラついた外見からは考えられないほど、全体的にスペックが高い。

「そんなお前が難しい顔して悩《なや》んでるぐらいだ。どうせ、天堂《てんどう》さん絡《がら》みのことなんだろ?」

「……相変わらず察しがいいな」

こいつはお嬢のご友人と言えなくはない。少なくとも仲は良い方と言えるだろう。お嬢は現在、友人と言えるほど深い仲の生徒は殆どいない。『殆ど』というのは、こいつを含んでいるからだ。

「お前、顔は広いよな」

「そうだな。自慢じゃないが、『外部生』の女子の連絡先《れんらくさき》を真っ先にコンプ出来る自信がある。目算はあと一週間ってところだ」

「本当に自慢することじゃないな」

「ま、何かあるなら話してみろや。お前が気軽に相談できる相手なんか、オレぐらいしかいないだろ？」

ロクでもないことは確かだが、こいつのコミュ力は侮《あなど》れない。

……相談してみるのもいいかもしれないな。お嬢に悪影響《あくえいきょう》が出そうなら、俺のところで止めておけばいいいし。

「実は――――」

半ばダメ元で、雪道《ゆきみち》に俺の懸念《けねん》を話してみる。

「……なるほどねぇ。たしかに天堂《てんどう》さんは、学園の中だと女子の友達ってほとんどいないな。同じ上流階級絡みならともかく」

「その上流階級絡みにしても、天堂《てんどう》の家に匹敵《ひってき》する家柄《いえがら》は中々な……」

「たまに身《み》の程《ほど》知《し》らずはいるけどな。……ま、それは置いといて、だ。お前の懸念も理解はできる」

「分かってくれるか」

「理解はできるが…………難しいだろうな。特に最近は警戒心《けいかいしん》が高まってるし」

「……理由は？」

こいつが何の考えもなしに『難しい』と断言するとは思えない。

「そうだなぁ……その前にいくつか確認《かくにん》したい点があるんだけど」

「なんでも確認してくれ。お嬢のことなら、だいたいのことは把握してる」

「じゃあまず一つ。お前、ちょっと前に女子から告白されたよな？」

「されたな」

「その話、天堂《てんどう》さんにしたか？」

「した」

「なるほど。全てを理解した」

「今ので何が分かったんだ⁉」

「お前ほど迂闊《うかつ》な男を、オレは他に知らない」

「そこまでか……⁉　俺はそこまでのことをしていたのか……⁉」

くそっ。何も分からない……何も……！

俺は一体、何をしてしまったというんだ……⁉

「ところで、お前のことに関してオレが少し耳にした話があるんだが」

「俺？　お嬢じゃなくてか」

「そうだ。天堂星音《てんどうほしね》じゃなくて、夜霧影人《やぎりえいと》。お前のことだ。……影人《えいと》。ちょっと前に駅前の広場を一人で歩かなかったか？」

「……そうだな。ちょっとした買い出しがあって、その辺りを通った記憶《きおく》がある」

「その時に、男に絡まれている女子生徒を見かけなかったか？」

「ああ。見かけたけど」

「……その現場に割って入って、男たちから殴られたりはしなかったか？」

「舐《な》めるな。あんなド素人《しろうと》の拳《こぶし》が当たるわけがないだろ。話も聞かず殴りかかってくるもんだから、軽く受け流してやっただけだ」

「…………………………………そっかぁ」

「…………なぜそこで天を仰《あお》ぐ？」

「いや。幼馴染《おさななじみ》として、天堂《てんどう》さんがあまりにも気の毒でな……これは当分、警戒心が高まったままだろう」

雪道《ゆきみち》の言葉の意味を詳《くわ》しく訊《たず》ねる前に、体育教師が吹《ふ》くホイッスルが鳴り響《ひび》いた。

「次の打者《バッター》、早く入れー」

「おい、出番だぜ影人《えいと》。行ってこい」

「あ、あぁ……」

不幸なことに今日の授業は野球だった。バッターボックスに立たざるを得ない。

そのまま会話は途切れ、雪道《ゆきみち》に詳しい話を聞くタイミングを逸《いっ》してしまった。

☆

「ね、ねぇ。天堂《てんどう》さん……ちょっといいかな……？」

体育の授業が終わり、着替《きが》えを済ませて更衣室《こういしつ》から出てきた直後に、その子は声をかけてきた。特に面識はない。見覚えもないから、たぶん他のクラスの子……たぶん『外部生』の子かもしれない。

一つ言えるとすれば……そうね。まるで小動物のように愛らしくて、可愛《かわい》らしい子。きっと気の強い性格じゃないのだろう。面識のない私に話しかけるのも、きっと勇気を要したはずだ。

「ええ。構わないけれど。何かしら？」

「影人《えいと》くんにちょっと渡したいものがあるんだけど……」

「………………渡したいもの？」

フリーズしなかった私を誰《だれ》か褒《ほ》めてほしい。本当に誰でもいいから。

「うん。ちょっと前に、助けてもらったことがあって……」

「……ごめんなさい。私、その話を把握してないの。詳しく聞かせてもらえる？」

その子は詳しく語ってくれた。

駅前の広場を歩いていたら、男の人に絡まれたこと。

無理に誘《さそ》って来るけど怖《こわ》くて振り切れなかったこと。

そこに影人《えいと》がやってきて、助けてくれたこと。

白馬の王子様みたいにかっこよかったこと……ああ、この子ちょっと夢見がちな感じがするわね。今回はこういうタイプかー……。

「へぇ──……そうだったの……知らなかったわ。ありがとう」

うん。本当に知らなかった。そんな重要な話を、私は一切知らなかったわ。

「それで、影人《えいと》に渡したいものって？」

「これ……なんだけど……」

女の子が取り出してきたのは、可愛らしいピンクの包みだ。

この手触《てざわ》り……焼き菓子。クッキーね。恐《おそ》らく手作り。

「これ……助けられたお礼なんだけど……影人《えいと》くんに渡してもらってもいいかな？」

「……………自分の手で渡さなくてもいいの？」

またもやフリーズしなかった私を誰か褒めてほしい。本当に誰でもいいから。

「うぅ……本人に会うと、あの時のことを思い出して、恥ずかしくなっちゃうから……でも、お礼だけは早く渡したくて……」

「そ、そう……じゃあ、私の方から渡しておくわね」

「ありがとうっ……！」

☆

「お嬢、体育の授業はいかがでしたか？」

「まあまあよ。……それより、ほら。これ」

「なんですか？　クッキー……？」

「駅前の広場で助けてもらったお礼だそうよ。大事に食べてあげなさい」

「ああ、あの時の……」

「……影人《えいと》。今日の帰りは寄り道するわよ」

「構いませんが……いったいどちらに？」

「そうね。駅前の広場とかどうかしら」

「あそこに目新しいものはなかったはずですが……」

「いいの。とにかく行くの…………負けてられないもの」

困った。これはうかうかしていると、ある日突然「恋人《こいびと》ができました」なんていう卒倒《そっとう》確実の報告をされかねない。一刻も早く手を打たなくてはならないわ。だけど普通のアプローチだと今までと同じ。パターンを変えないとまた空振《からぶ》りに終わってしまう可能性が高い。今までにない変化……誰かの手を借りるとか？　せっかくなら別の視点……私と同じ女子じゃなくて、影人《えいと》と同じ男子がいいわね。なおかつ、私と一緒の時じゃない、友人としての影人《えいと》を知っている。そんな協力者がいれば――

第二章　お嬢の暗躍

「天堂《てんどう》さん。これから時間は空いてるか？　ちょっと影人《えいと》と一緒に協力してほしいことがあるんだけど」

雪道《ゆきみち》が俺とお嬢にそう声をかけたのは、放課後になり、これから下校しようという時だった。その手には見慣れない大きな紙袋《かみぶくろ》を持っている。

「私は大丈夫《だいじょうぶ》よ」

「俺の予定はお嬢に合わせるが……何に協力させる気だ？　どうやらその紙袋の中身が関係してそうだが」

「ご明察」

頷《うなず》くと、雪道《ゆきみち》は紙袋からタブレットよりも一回りほど大きな箱を取り出してみせた。見たところ市販《しはん》のものではない。箱の表面にはマジックペンで文字が書かれている。

「…………『人生ゲーム（仮）』？」

「おう。ちょっと知り合いに頼《たの》まれて作ってみたんだよ。せっかくだからテストプレイに協力してもらおうと思ってな」

　箱の中には確かに人生ゲームで用いる道具の一式が入っていた。ぱっと見では市販のものと見分けがつかないぐらいに作りこまれている。

「お前、本当に手先が器用だな」

「よせやい。ただ女の子にいいようにこき使われているうちに身についただけだ」

　果たして哀《あわ》れまなくてもいいのかを一瞬《いっしゅん》だけ悩んだが、本人が満足しているのなら水を差す必要はないだろう。

「風見《かざみ》の手先はともかくとして、面白そうじゃない。さっそくやってみましょう」

「お嬢がそう仰るのでしたら……」

　市販ではなく手作りという部分にお嬢は惹かれたのだろうか。

　確かに、市販のものよりは突飛《とっぴ》で思いもよらないものが飛び出してきそうという点においては、お嬢の好奇心をくすぐるものがあったのかもしれない。

「基本的なルールは普通の人生ゲームと一緒だ。サイコロを振って、出た目の数だけ進む。んで、止まったマスに書かれていることが起きたり、指令をこなす」

「サイコロ？　ルーレットじゃないのか」

「んにゃ。そこはまだ作れてなくてな。今日のところはサイコロにしてくれ」

そう言って雪道《ゆきみち》が十面ダイスを取り出すも、

「待ちなさい。風見《あなた》が持参したサイコロほど、この世で信頼《しんらい》できないものはないわ」

「ひでぇ言い草だなぁ……」

「日頃《ひごろ》の行いだろ」

そして実を言うと、俺もお嬢の意見に賛成だ。

「『指令をこなす』ってことは、何かしらやらされるはめになるんだろ。イカサマされてお嬢と俺に変なことをさせようとしてる……って可能性は十分にある」

「信用のなさに傷つくねぇ。……つっても、他にサイコロなんて持ってきてないぜ」

「そこは安心してちょうだい。私、手持ちのサイコロがあるから」

お嬢が制服のポケットから淀《よど》みない手つきで取り出してきたのは、黒い十面ダイスだ。

「？　お嬢、よく十面ダイスなんて持ってましたね」

「そうね。たまたま、偶然《ぐうぜん》、ポケットに入ってたの」

「は、はぁ……」

果たして、そんな偶然があるのだろうか……。

……考えすぎか。第一、お嬢がわざわざ十面ダイスを制服のポケットに入れておく意味なんてない。今日、雪道《ゆきみち》が人生ゲーム（仮）を持ってくることなんて、お嬢は知らなかったわけだし。

それに、少なくとも雪道《ゆきみち》の持ってきたサイコロよりは信頼できるしな。

「じゃあ、天堂《てんどう》さんのサイコロを使ってさっそく始めるか。順番は……オレから時計回りでいいか？」

「私は構わないわよ。ゲームを作った人が最初にやった方が、色々とスムーズに進みそうだし」

「お嬢がいいなら、俺も構わない」

時計回り……今座っている位置から考えると、一番目が雪道《ゆきみち》、二番目がお嬢、三番目が俺ってことか。

「オッケー。そんじゃ、天堂《てんどう》さんの十面ダイスをお借りするとして……これが駒《こま》な。そんでこっちが紙幣《しへい》で……」

駒は車の形をしており、そこにプレイヤーとなるピンを刺していく。

紙幣にしても駒にしても市販のものとそう変わらないクオリティだ。こいつの手先の器用さは、十分に商売が出来る腕前《うでまえ》だろう。

「これでよし、と。これで準備は完了《かんりょう》だ。……それとはじめる前に言っておくが、とまったマスに書かれている内容は絶対だ。必ず守ってくれよ。じゃないと、白けちまうからな」

「……お前な。さては妙なことを」

「分かってるわよ。早くはじめましょう。時間が勿体《もったい》ないわ」

「ほいほい。そんじゃ、まずはオレからっと……」

俺が確認しようとしたが、構わずにお嬢がゲームの開始を促《うなが》す。

お嬢がやる気になっている以上、俺がそこに水を差すのは気が引ける。

……まあいいか。妙なことになったら、俺が止めればいいし。

「出た目の数は……いきなり十か」

雪道《ゆきみち》は駒を十マス分進める。……が、止まったマスには何も書いていない。

「……ん？　ちょっと待て。この人生ゲーム、どのマスにも文字が書いていないぞ」

「へへっ。実はこれ、全部シールになってんだよ。止まったマスのシールを剥《は》がせば、内容が出てくるってわけだ。何が書いてあるのか分からない、ワクワク感があっていいだろ？」

「へぇー。凝《こ》ってるじゃないか」

思わず感心してしまう。どうやら全てのマスにシールが貼《は》られているらしい。

確かにこれはちょっとワクワクするかも。

「よし。このマスはなんだったかな……げっ」

【校舎周りを十周する。その間、プレイヤーの順番はスキップされる】

「あちゃー。こりゃいきなりとんでもないハズレを引いちまったぜ」

「これはお気の毒様ね」

「いやぁ、本当に残念だ。しかも校舎周りを十周するまで順番は飛ばされちまうからなー。オレに構わず、二人きりでゲームを進めててくれ」

「そうね。遠慮なく、二人きりで進めさせてもらうわ」

――なんだ？　今、一瞬……二人の間でアイコンタクトが交わされていたような……？

俺が首を傾《かし》げている間に、雪道《ゆきみち》は席を立って放課後の廊下《ろうか》へと消えていく。

「次は私の番ね」

「そ、そうですね」

お嬢は何事もなかったかのようにサイコロをふる……あれ？　お嬢、俺が目を離《はな》す前は右手でサイコロを持ってなかったたっけ……いつの間に左手に持ち替《か》えたんだ？

「出た目は……八ね。八個進めて……」

お嬢は自分のコマを進め、止まったマスのシールを剥がす。

【次の自分の番が来るまで隣の人と恋人繋《こいびとつな》ぎをする】

……………………………………………………なにこの指令。

「あの、お嬢…………」

「あら。出てしまったものは仕方が無いわね。今は隣に影人《えいと》しかいないわけだし……しましょうか。恋人繋ぎ」

「いや、この指令はおかしいのでは……」

「おかしい？　そうかしら。ごくごく一般的《いっぱんてき》な指令だと思うけれど」

「一般的………？？？」

もしかすると、お嬢と俺とでは『一般的』の定義が異なるのかもしれない。

「指令には従うのがルールでしょう？」

「……お嬢がそう仰《おつしや》るのなら、構いませんが」

「ん」

恐れ多くもお嬢と手を繋《つな》ぎ、指を絡める。

……柔《やわ》らかいな。それに温かい。お嬢の体温が伝わってくるようだ。

「ふふっ。影人《えいと》、手が大きくなったわね」

「いつの話をされてるんですか」

お嬢はいつの間にか椅子《いす》を隣《となり》に寄せて……心なしか、距離《きより》も近いような。

「あの、お嬢……近すぎませんか？」

「仕方がないじゃない。恋人繋ぎをする必要があるんだから。ね？」

しかし、それにしたって肩《かた》が触《ふ》れるほど近づく必要があるのだろうか？

お嬢が満足げだから別に構わないのだけども……。

「さ。ゲームを続けましょう。次は影人《えいと》の番よ」

☆

駅前王子様クッキー事件（影人《えいと》が通りすがりに女の子を助けてお礼にクッキーをもらった一件）の露《ろ》呈《てい》により、私は兼《か》ねてより考えていたある計画を動かすことにした。

『珍《めずら》しいですねぇ。天堂《てんどう》さんの方からオレに電話をかけてくるなんて』

「あなたに頼みたいことがあるの」

『頼み？　そりゃますます珍しい。さては、オレと幼馴染であることを思い出しました？』

「『幼馴染』はおろか周りの人間に心を開かないあなたが言えたセリフじゃないわね」

『おやこれは意外だ。お嬢様《じょうさま》は、オレとフレンドリーに接したい願望があったなんてね。

これからは下の名前で呼びましょうか？』

「お断りよ」

この幼馴染が周りの人間に対して心を開かないのは昔からだ。だから私のことを『天堂《てんどう》さん』と他人行儀《ぎょうぎ》な呼び方を貫《つらぬ》いている。それで特に困ったこともないし、どうでもいいけど。……風見《かざみ》が心を開いているのは影人《えいと》ぐらいのものだろう。だから影人《えいと》に対してだけは下の名前で呼んでいると、私はにらんでいる。

「……そろそろ本題に入りたいのだけれど、構わないかしら」

『いいっすよ。受けるかどうかは報酬次第《ほうしゅうしだい》ですけど』

「分かりやすくて助かるわ」

つまるところ、報酬《ほうしゅう》さえ用意出来れば動いてくれる。風見《かざみ》のこういう分かりやすい部分は私も評価している。

「作ってほしいものがあるの。あなた、手先は器用でしょ？」

『まあ、母親が技術者だし、色々手伝ってたのもあってそこらへんの自信はありますがね。何を作ってほしいんです？』

「人生ゲーム」

『…………………すんません。もうちょい詳しく説明してもらっても？』

「はぁ……仕方が無いわね。理解力のないあなたのために、もう少し詳しく説明してあげる」

『……………………あざーす』

「私と影人《えいと》が合法的にいちゃいちゃするための人生ゲーム」

『………………………ちゃんと寝《ね》た方がいいっすよ』

「誰が睡眠《すいみん》不足よ」

失礼しちゃうわ。睡眠時間はちゃんと確保しているに決まっているじゃない。

「細かい仕様はこっちで作ってあるから、あとはあなたに形にしてもらいたいの。それと、影人《えいと》と遊ぶときにも協力してもらえると助かるわ」

『まあ……いいっちゃいいですけどね。面白《おもしろ》そうだし。けどその分、報酬は貰《もら》いますよ』

「……いいわよ。何が望み？」

『貸し一つ』

「……あなたに借りを作ることになるなんてね。いっそ札束でも要求された方がマシだわ」

『こっちとしちゃあ、天堂星音《てんどうほしね》に貸しを作れることの方が金よりも価値があるんでね』

この男に借りを作ることは嫌《いや》だけど、仕方がない。

高校生になってから影人《えいと》に近づく女の子が増えてきた。多少のリスクは覚悟《かくご》の上。

「分かったわ。その条件で構わない」

『契約《けいやく》成立』

風見《かざみ》は仕様書を送ってから三日ほどでその『人生ゲーム』を完成させた。

けれど問題はそこから。いかにして影人《えいと》にその『人生ゲーム』をプレイさせるかだった。

私がこれをいきなり持って行って一緒《いっしょ》に遊ぶように指示してしまえば、それはあくまでも『主従関係』の延長に過ぎない。それではダメだ。せっかくのゲームも効果がない。

あくまでも自然に。屋敷《やしき》で遊べばどうしても『主従関係』としての雰囲気《ふんいき》が拭《ぬぐ》えない。

たとえば、そう……学園の中なら。『主従の関係』ではなく『学生同士』のシチュエーションで遊ぶことが出来るのではないか。

そこで私が考えたのは、風見《かざみ》の方から誘ってもらうという手だ。

これなら自然に『放課後に友人と遊ぶ学生』としての状況《じょうきょう》に持ち込《こ》める。

だけどこの手には一つ問題がある。単純に風見《かざみ》が邪魔《じゃま》だという点だ。

『何か理由をつけて離脱《りだつ》してもいいですけど』

「それじゃあやっぱり不自然よ。あくまでも自然に、必然に……そうね。十マス目の指で抜《ぬ》けてもらうことにしましょう。サイコロに細工をして、絶対に『十』が出るようにすれば問題ないわ」

『それだと、天堂《てんどう》さんと影人《えいと》のやつも十マス目に止まっちまうんじゃ？』

「隙《すき》を見て私がサイコロを入れ替えるわ。こっちのサイコロには、逆に『十』が出ないように細工を仕込《しこ》めばいいし」

『わーお。そりゃ手の込んでることで……』

だけど風見《かざみ》が用意したサイコロを使えば疑われるかもしれないので、あえて風見《かざみ》が出したサイコロを排除《はいじょ》させ、私が用意する流れになった。こうすれば少なくともサイコロに細工がされているという懸念が多少は解消されるだろう。

そして当日。

全ては予定通りに事が運ばれ、私と影人《えいと》は二人きりでゲームを進行することになった。

放課後の教室。二人きり。これ以上ないシチュエーション。

これで思う存分、影人《えいと》といちゃいちゃすることが出来る。

だけど目的はそれだけじゃない……このゲームで、影人《えいと》を攻略《こうりゃく》してみせるんだから。

☆

「次は『五』ね。五マス目は……【隣の人を十秒間抱《だ》きしめる】」

「あの……お嬢」

「影人《えいと》の隣は……私ね」

「お嬢？」

「さ。私のことを抱きしめてちょうだい」

お嬢はニコニコとした笑《え》みを浮《う》かべ、両手を広げて抱きしめられる気満々だ。

「それは構わないのですが……」

「どうしたの？」

「やっぱりこの『人生ゲーム（仮）』、おかしくないですか……？」

「そうかしら。全然、まったく、これっぽっちもおかしくないと思うけど」

まさに鉄壁《てっぺき》の笑顔。俺の疑念などまったくのお構いなしだ。

「はやく、抱きしめて？」

「し、承知しました……」

おかしい。やっぱりこの人生ゲーム、何かがおかしいぞ……！

ゲームが始まってからしばらく経ったが、さっきから指令がこういうのばかりだ。

今も校舎の外周から帰還を果たしていない雪道《ゆきみち》を恨《うら》めしく思うも、その当の本人はここにはいない。……もうそれなりに時間が経ったと思うけど、一向に戻《もど》ってくる気配がない。

「では、失礼します」

「ん」

両手を広げるお嬢《じょう》をそのまま抱き寄せる。その華奢《きやしゃ》な身体はガラス細工のように美しくも繊細《せんさい》で、躊躇《ためら》いが生まれてしまう。だが当のお嬢本人はそんな俺の躊躇いを見抜《みぬ》いているのだろうか。背中に手を回しながら、しっかりと抱きついている。

「……影人《えいと》も、昔に比べて逞《たくま》しくなったのね」

「これでも鍛《きた》えてますからね」

「ふふっ。そうね。男の子らしくて……うん。素敵《すてき》よ」

果たして俺がお嬢を抱きしめてもいいのだろうかと思いつつも、本人はとても満足げだ。

「身長だってもうずいぶんと差をつけられちゃったわ」

「そりゃそうですよ。俺だってもう小さな子供じゃないんですから」

「ええ。そうね。小さな子供じゃないわね。お互いに」

……今、心なしか『お互いに』という部分をやけに強調されたような。

「ねぇ、影人《えいと》。私だって成長してるのよ？」

「ええ。存じておりますよ」

「本当に意味が分かってる？」

「？　はい」

「影人《えいと》が身長とか、体格とか、色々と成長したみたいに、私だって成長してるの……影人《えいと》は、どこだと思う？　私が成長したところ」

もう十秒経った気がするんだけどな……。

でも、お嬢は中々離れようとしてくれない。それどころか更《さら》に強く抱きしめて、全身を余すことなく押《お》し付けてこようとしているような……？

「お嬢は日々成長されてますから、数え上げればキリがありませんが……」

「複雑に悩む必要はないわ。……感じたことを素直《すなお》に口にすればいいの」

……感じたことを素直に、か。

「そうですね。やっぱり……」

「……やっぱり？」

上目遣《うわめづか》いになっているお嬢。その目は期待感に満ちており、キラキラと輝《かがや》いている。

「他人に甘《あま》えられるようになったところですかね」

「…………………………………」

お嬢の目から一瞬で光が消えた。

……あれ。俺の言いたいことがハッキリと伝わってないのだろうか。

これは改めて、ちゃんと説明した方がいいな。

「お嬢は昔から確かに多才で努力家でしたが、その分、他人を素直に頼《たよ》ることは不得手だと感じておりました。ですが今は、きちんと他者の手を借り、誰かに甘えることが出来ることになったと思います。……それは立派な成長だと、俺は思いますよ」

「そうじゃないでしょ⁉」

「そうじゃないんですか⁉」

俺としてはお嬢が立派に成長した点を挙げてみたつもりなんだが、どうやら本人からすると不服極《きわ》まりないらしい。

「ねぇ、影人《えいと》。あなたは今、私を抱きしめてるわよね？」

「そうですね。恐れ多いとは思っておりますが……」

「私をぎゅって抱きしめて、そこで素直に感じたことがあるでしょう？」

「ありますね」

「言ってみなさい」

「他人に甘えられるようになったなぁ、と」

「そこじゃない」

「そこじゃないんですか」

分からない……俺にはもう何も分からない……！

「そういう精神的な話はしてないの。もっと即物的《そくぶつてき》な話をしてるの」

「むしろお嬢はそれでいいのですか?」

「あなたがそれを言うの?」

お嬢の笑顔に凄《すさ》まじい圧を感じる。とりあえず俺が悪いということだけは分かる。

「精神的な部分がどうしようもないから即物的なところで攻《せ》めてるの」

精神的なものではなく即物的なものとはいえ、お嬢のことだ。俺如《おれごと》きの考えでは及《およ》ばぬほどの高尚《こうしょう》な何かに違《ちが》いない。

「では申し訳ありませんが、お嬢が成長した部分をご教授いただいても?」

「おっぱいが大きくなったわ」

「お嬢!?」

「この前だってまた窮屈《きゅうくつ》になって大変なんだから」

ふふん、と誇《ほこ》らしげに窮屈になったらしい胸をはるお嬢。制服越《ご》しでも分かるほどの膨《ふく》らみに思わず視線が吸い寄せられそうになる。が、主人に対して邪《よこしま》な眼を向けるなどあってはならないことだ。自分の立場を思い出せ。自分の身分を思い出せ。本来ならこうしてお嬢の傍《そば》に仕えていること自体が奇跡《きせき》なのだ。思い上がるな。精神を落ち着かせろ。

「……いけませんよ、お嬢。そういうことをみだりに口にしては。天堂《てんどう》家の品位を損《そこ》ねてしまいます。ご令嬢《れいじょう》としての自覚を持ってください」

「そういう常識は要《い》らないんだけど」

「いや、常識は必要でしょ……」

ひとまず既《すで》に十秒は確実に経過しているので、お嬢を離す。

雪道《ゆきみち》め。お前が妙《みょう》なゲームを作るから、お嬢がその場のノリにあてられて妙なことを口走るようになってしまったじゃないか。

「次はお嬢の番ですよ」

とにかく、さっさとこのゲームを終わらせよう。幸いにもゲームは終盤《しゅうばん》に差し掛《か》かっている。終わるまでそう時間はかからないだろう。色々とおかしな指令があるけど、バリエーションを出すにも苦労しているのかそんなにマス目が多くはないし。

お嬢は不服そうにしながらもサイコロを転がし、八の目を出した。

「八マス目は……」

これまで色々な指令を出されてきたが、流石《さすが》にもうネタ切れだろう。

恐らく雪道《ゆきみち》のやつもここらへんで集中力も尽《つ》きて軽いものを仕込んでいるはず……。

「【次の自分の番まで、使用人は主をお姫様抱《ひめさまだ》っこする】」

「使用人は主をお姫様抱っこする⁉」

思わず我《わ》が目を疑ったものの、マス目にはハッキリしっかりと【次の自分の番まで、使用人は主をお姫様抱っこする】と書いてある。

「お嬢！　流石にこれはおかしいですよ！」

「どこが？」

「これ名指しじゃないですか！」

「気のせいよ」

「気のせいもなにも文字でハッキリと書かれてるんですけど」

「名前は書いてないでしょ」

「そ、それはそうですが……！」

お嬢の顔は平静そのものだ。

……俺《おれ》が……俺がおかしいのか…………⁉

☆

……むぅ。やっぱり影人《えいと》は手強《てごわ》い。

色々な指令を試《ため》してみたけれど、なかなか意識してくれない。

成長した身体を押し付けてみたけれどそれすらも決定打にならない。……けっこう自信あったのに。

でも、ゲームだってもう終盤。

ここから一気に畳《たた》みかけて攻略してやるんだから……！

「影人《えいと》。だっこして」

「……分かりました。実質名指しなのが気になりますが、これぐらいなら、まあ」

しぶしぶといったていで、影人《えいと》は私を両腕《りょううで》で抱《かか》えてくれる。

私の身体を軽々と持ち上げてしまうあたり力持ちだ。

……うん。さっきの話じゃないけど、影人《えいと》も成長してるんだ。

さっき抱きしめてもらった時も筋肉のついた身体に内心だとドキドキしちゃったし、今だって、凛々《りり》しい顔つきとか、優《やさ》しい手つきとか……。

（だ、だめだよ。今はだめ。今は、私が攻略する側なんだから）

逆に私がドキドキしてたら本末転倒《ほんまつてんとう》だ。

「お嬢、軽いですね」

「あら。お世辞が上手だこと」

「本心です。……軽すぎて、ちょっと不安なぐらいなんですから」

「じゃあ、飛んでいかないようにしっかりと抱きしめていなさい」

口ではお世辞だと言ってみたものの……影人《えいと》から軽いと言われて嬉《うれ》しくなっている自分がいる。しかも影人《えいと》だからこそ、お世辞じゃなくて本心だというのが嘘《うそ》じゃないことも分かるだけに。

「あの、お嬢。これだと両手が塞《ふさ》がっててサイコロが振《ふ》れないので、代わりに振ってくれませんか？」

「え、ええ。そうね」

影人《えいと》の代わりにサイコロを振って出た目は『一』だ。

一マス分だけ進めて、シールを剥がす。

「【隣の人の好きなところを十個挙げる】……つまり、お嬢の好きなところを十個挙げればいいんですよね？」

「そうみたいね。影人《えいと》に出来るかしら？」

「簡単ですよ」

「ふーん。じゃあ、言ってみなさい？」

「『努力家なところ』」

私が促すと、影人《えいと》は一切《いっさい》の淀みなく言葉を紡《つむ》ぎ始めた。

「『自分に素直なところ』」

………。

「『他人に甘えられるようになったところ』」

……………待って。

「『他人の想《おも》いを大切に出来るところ』」

「あ、あの、影人《えいと》」

「『自分に自信を持ってるところ』」

「ま、待ちなさい。ストップ。ちょっとストップ！」

「お嬢？　どうされました？」

「いや……その………」

お姫様抱っこされてる状態だと、さっき抱きしめられた時よりもお互いの顔の距離が近い。体勢的に影人《えいと》に耳元で囁《ささや》きかけられているようで……その状態で、こんなにもスラスラと好きなところを挙げられるのは…………想像以上に破壊力《はかいりょく》が高い。

「まだ五つ残ってますよ？」

「えっと…………も、もうちょっと他のことはないの？」

「他のこと？」

「そういう内面的な話じゃなくて、もっとこう……そう。即物的な、見た目の話よ」

「お嬢の魅力《みりょく》は見た目だけではありませんが……」

「こっちがもたないの。いいから、内面的な話は禁止。ここからは見た目だけにして」

「構いませんが……」

見た目だけなら、普段《ふだん》から色んな人に言われ慣れてるし。

表面的な話であれば、このお姫様抱っこ状態であっても破壊力を抑《おさ》えられるだろう。

「金色の髪《かみ》が綺麗《きれい》です」

「そう。ありがと」

……うん。影人《えいと》に褒《ほ》められるとやっぱり嬉しい。他の人から言われるのとは比べ物にならない。でも普段から言われ慣れてる分、なんとか最後まで耐《た》えられそうだ。

「絹のように滑《なめ》らかな手触《てざわ》りも素晴《すば》らしいですが、太陽の光が反射した時の美しさは幾度《いくたび》見惚《みと》れても足りません。朝食の際には差し込む朝日に照らされたお嬢の姿は、妖精《ようせい》……いや。女神《めがみ》の如《ごと》き美しさだと――」

「待ちなさい」

「お嬢？　なぜ顔を手で覆《おお》っていらっしゃるのですか？」

「いいからちょっと待ちなさい」

だめ。こんな顔、見せられない。だって、きっと……夕焼けでもごまかせないぐらい真っ赤になってると思うから。

「……今の、なに？」

「見た目に限定して、お嬢の好きなところを挙げたつもりですが」

「……お世辞は要らないわ」

「嘘偽《うそいつわ》りない、俺の本心です」

「……そう」

ああ、だめだ。分かってしまう。この純粋《じゅんすい》な微笑《ほほえ》みが、何の嘘も偽《いつわ》りも述べていないことが。それだけに……タチが悪い。

「髪のことはいいから……別のにして」

「では次にですが、その碧《あお》い瞳《ひとみ》ですね。空のように透《す》き通り、澄《す》み渡《わた》る蒼《あお》は何度《なんど》見ても、いつまで見ても飽《あ》きません。永久に眺《なが》めることも叶《かな》いましょう。眩《まばゆ》い輝きを放つ海のようであり、宝石のような美しさでもあり、その価値は計り知れません。いや、値段を定めることすら無粋《ぶすい》でしょう。世界中の宝石を全て集めたとしても、お嬢の瞳の美しさには決して敵《かな》うことはなく――」

「はい私の負けっっっ!!!!」

だめだ。こんなことをお姫様抱っこされた状態で、しかも耳元で囁かれ続けてたら、とても心臓がもたない。

「…………ねぇ。そういうこと、他の子にも言ってるの？」

「その人の好きなところを訊《き》かれれば、同じように本心を答えます」

「ええ、そうよね。分かってるわ」

そうだ。分かっていたことだ。影人《えいと》は私じゃなくたって、その人の良いところを見つけて言葉にしてくれる。今のだって影人《えいと》にとって当たり前のことを言っただけで、別に特別なことじゃない。特別なことじゃ……。

「――――ですが、ここまで言葉を尽くすことができるのはお嬢だけです」

……………………………はえ？

「それって……私が、あなたにとって特別ってこと？」

「当然です」

コンマ数秒ほどのラグも迷いも揺《ゆ》らぎもなく、影人《えいと》は言い切った。

「…………特別なのは私だけ？」

「はい。俺にとって特別な方は、この世でお嬢だけです」

「……………………………………………」

特別？　特別って言った？　言ったわよね？　しかも？　耳元で？　甘く囁いてなかった？　気のせい？（※気のせい）　えーなにこれうそうそうそ本当に現実？　夢とかじゃなくて？　現実？　現実なのかしら？　むしろ現実味が薄《うす》いっていうか、むしろ夢じゃないこれ？　ほら、よくあるじゃない。お金払《はら》ってお酒を飲んで夢を見せてくれる夜のお店……あっ、じゃあお金払えばいいの？　お金払って高いお酒を頼《たの》めばもう一回夢を見せてくれるのかしら。大丈夫《だいじょうぶ》よ、任せなさい影人《えいと》。この天堂星音《てんどうほしね》があなたをナンバーワンホストにしてあげるわ。だってお金なら札束風呂《ぶろ》を通り越《こ》して札束プライベートビーチができるぐらいあるんだもの！　さあ影人《えいと》、一緒に夜の世界を駆《か》け上がりましょう！

「ドンペリ二万本あけていいから今のもう一回言ってくれる⁉」

「お嬢⁉　目を回しながら何を仰ってるんですか⁉」

――――こうして、私が無事に正気を失ったことでそのままゲームはお開きになった。

（…………攻略するつもりが、返り討《う》ちにあっちゃった）

それから私はしばらくの間、まともに影人《えいと》の顔を見ることが出来なかった。

☆

『いやぁ～、流石のオレも今回の返り討ちに関しては同情しますよ』

「…………そうね。その同情に関しては、素直に受け取っておくわ」

『うーわ……こりゃ思ってた以上に重症《じゅうしょう》だ』

電話越しの風見《かざみ》の声からは、心の底からの同情が滲《にじ》みだしていた。

今の私にとってはその同情を「余計なお世話よ」なんて返せる余裕《よゆう》もない。

『オレに借りを作ってまで仕掛《しか》けたゲームで、逆に返り討ちにあったんですから、それも当然でしょうけどねぇ……』

「ふっ……でも、転んでもタダで起きないのがこの私、天堂星音《てんどうほしね》よ」

『何か収穫《しゅうかく》でもあったんですか？』

「勿論《もちろん》よ。私が影人《えいと》の甘い囁きに正気を失ってるだけだとでも？」

『すみません。影人《えいと》の甘い囁きに正気を失ってるだけだと思ってました』

「ふふふ……そんなことを言ってられるのも今のうちよ」

『で、その収穫ってのは？』

「私は影人《えいと》に『お嬢は特別な方です』って言ってもらえるなら、いくらでも貢《みつ》げる！　私にはその覚悟が備わっていることが分かったわ!」

『むしろそういうお店に一番向いてないことが分かりましたね』

そんなことはない。だって私にはお金があるんだもの。

『つーか貢いでる暇《ひま》があるなら、そのふざけた財力を影人《えいと》へのアプローチとかに使ったらどうですか?』

「うるさいわね。もう何をどう仕掛ければいいのか分からなくなってきたのよ……」

『もういっそ、とっとと素直に告白しちゃえばいいじゃないですか』

「無理よそんなの」

『理由は?』

「…………………何回か試したけど、告白しようとするたびにドキドキし過ぎて、上手《うま》く言葉に出来ないんだもの」

『あ――――……それで拗《こじ》れすぎてこうなっちゃったと』

こうなっちゃった、の部分にむっとしてしまったけれど、今はそれに対して言い返す気力もないので敢《あ》えて言葉を飲《の》み込んだ。

「……いっそ、もう短期決戦はやめにして、ここはゆっくりと時間をかけてつめていこうと思うの。ここ最近攻めてみて分かったんだけど、やっぱり私たちって距離が近すぎると思うし。もう少し別行動の時間を増やしてみるとかね」

『まぁ、子供《ガキ》の頃《ころ》からずっと一緒でしたしねぇ……確かに距離が近すぎるからこそ意識してもらえない、ってのはあるかもしれませんね。いいんじゃないですか？　懸念《けねん》はありますけど』

「懸念？」

『うかうかしてると、他の子に持ってかれてしまうかも。たとえば、別行動してる間に大型新人泥棒猫《あたらしぃヒロイン》に出くわしちゃう……とか？』

「大型新人泥棒猫《あたらしぃヒロイン》？　たとえば？」

『えーっと……あ、今流れてるニュースってご存知《ぞんじ》です？　歌姫《うたひめ》が帰国したとかいう』

「ええ。前に彼女《かのじょ》のコンサートを、うちの系列の会社が取り仕切ってたこともあるし……でもその歌姫様《うたひめさま》、今は確か活動を休止してなかったかしら」

『噂《うわさ》じゃあ、この街に来てるって話ですし、その歌姫様、ちょうどオレらと同い年らしいじゃないですか』

「影人《えいと》がその歌姫様と出くわす可能性があるってこと？　中々に突飛《とっぴ》な面白い冗談《じょうだん》ね」

『ははは。ですよねー』

「………………………」

『………………………………』

何とも言えない沈黙《ちんもく》が流れた。どうやら風見《かざみ》も同じことを考えているらしい。

――影人《やつ》なら、あり得る。

『……ちなみに影人《えいと》のやつは今日、何してます？』

「……お休みをあげて無理やり外に放り出したわ。休日も働こうとするから、こうでもしないと休まないのよ。……それに、意識してもらうためにも少し距離を置こうと思ってたところだったし」

『……そっすか』

「………………………」

『………………………』

再び何とも言えない沈黙が流れた。どうやら風見《かざみ》も同じことを考えているらしい。

――もしかして、悪手だったのでは？

『ま、まあ。いくらなんでも、そう都合よく活動休止中の歌姫様と街中でばったり会うなんてことはないでしょうよ』

「そ、そうよね。いくらなんでも、ね………」

私は通話を切ると、そのままスマホを操作し、すぐさま影人《えいと》に通話をかけた。

別に心配しているわけじゃない。ただちょっと、影人《えいと》の声がききたくなっただけだ。もし繋がったら、そうね。様子を聞いてみようかしら。会話はこうだ。もしもし影人《えいと》、休日は堪能《たんのう》しているかしら？　せっかく過ごしやすい気温なんだから、散歩でもしてゆっくり体を休めなさい。じゃあね。……うん。完璧《かんぺき》。会話のシミュレーションに問題なし。あとは影人《えいと》が通話に出れば……。

……通話に……。

…………出れば……。

…………いつもなら三コールもしないうちに出てくれるのに。

……………おかしい。繋《つな》がらない。

「……………………」

私はスマホをしまうと、そのままクローゼットから服を引っ張り出して屋敷の使用人に呼びかけた。

「出かけるわ。車を出してちょうだい」

第三章　新たなる脅威

「暇だ………」

俺はお嬢から貰うものはなんでも嬉しいが、唯一貰《ゆいいつもら》って困るものがある。

それが休日だ。

自分の時間を持ちたいと思ったことはあまりない。可能なら常日頃《つねひごろ》からお嬢の傍に仕えていたいとすら思っているのだが、そのお嬢本人はなぜか普通《ふつう》に休みを与《あた》えたがる。

きっと、俺が普通に休みをとらないと他の使用人たちが休みにくいということを考慮《こうりょ》なさっているのだろう。お嬢の深いお考えは分からないでもないが、俺としては休日を持て余しがちというのが現実だ。

屋敷の中にいると仕事をしてしまうので、ついには車に叩《たた》き込まれたあと街まで放り出されてしまった。

「にゃあお」

あてもなく街をふらついていると、愛らしい鳴き声が耳に入ってきた。

見てみると、建物の隙間《すきま》から見える薄暗《うすぐら》い路地裏で一匹《ぴき》の猫《ねこ》が丸まっている。

「なんだ。構ってほしいのか？」

「にゃおん」

猫はあくびをすると、そのままトテトテと路地裏の奥《おく》へと去っていく。

……この気まぐれのような部分を見ていると、どことなくお嬢を思い出すな。

どうせあてもなければやることもない。あの猫を追いかけてみよう。

「にゃん」

「あっ」

猫は軽《かろ》やかに駆けてゆくと、狭《せま》い隙間へするりと身体を滑《すべ》りこませてしまった。

さすがにあそこまでは追えないな。残念だ。

「………で、ここどこだ」

猫を追いかけていたら、路地裏の奥の奥まで入り込んでしまったらしい。

まあいいか。てきとうにぶらついてればいつか外に出れるだろう。

「――――っ……！　どいて……！」

「えっ？」

声がしたのは真上から。人型のシルエットが文字通り落ちてくる。

俺は、ほぼ反射的に腕《うで》を差し出し、落下してくる謎《なぞ》のシルエットを受け止めた。

「わぷっ……！」

一瞬《いっしゅん》、頭を過ぎったのは先日の『人生ゲーム（仮）』。お嬢をお姫様《ひめさま》だっこした時の記憶《きおく》だ。

あの時と同じように、俺の両腕には驚《おどろ》くほど軽い少女が収まっている。

帽子《ぼうし》をかぶっているので素顔《すがお》は分からないが……見たところ、俺と同い年ぐらいだろうか。

「っと……大丈夫ですか？」

ひとまず両腕で抱きかかえていた少女を地面に下ろす。

少女は僅《わず》かにふらつきながらも、なんとか両の足を地面につけて立つことが出来た。

「……だいじょうぶ」

少女の無事を確認《かくにん》した後で見上げてみると、屋上から垂れ下がったロープが見える。恐《おそ》らく手すりか何かに結んで、それを伝って降りてこようとしたのだろう。

「……そっちこそ、だいじょうぶ？　腕は………」

「お気になさらず。衝撃《しょうげき》は全て地面に逃《に》がしましたから」

「……そんなことできるの？」

「お嬢に仕える者としてこれぐらい出来て当然です」

「…………」

目の前の帽子の少女の反応《リアクション》を表すなら「きょとん」、という言葉が正しいだろう。

「……ふふっ」

だがすぐに吹《ふ》き出し、そのまま僅かにではあるが笑いが零《こぼ》れていく。

「……なにそれ。ふふっ」

「笑われるような話をした覚えはないのですが……」

「……ごめん。ちょっと、面白《おもしろ》かっただけ」

「まあ、構いませんが……ところで、あなたは一体何者なんです？」

「…………」

彼女が言の葉を紡ぐよりも先に、強烈《きょうれつ》な突風《とっぷう》が吹きすさぶ。突然《とつぜん》の風に帽子がふわりと宙を舞《ま》い、零れる髪と共に少女の素顔が露《あら》わになった。

背中にかかるほどの長い髪。どこか新雪を彷彿《ほうふつ》とさせる白い肌《はだ》。

儚《はかな》げでクールな印象を抱く顔と、その華奢な身体はどこか雪の花を連想させた。

そしてその素顔は、宙を舞う帽子の先に映る巨大《きょだい》な看板――『歌姫』として名高い少女のものと瓜二《うりふた》つ。いや、まったく同じだ。

「その顔……確か名前は…………」

「……羽搏乙葉《はばたきおとは》」

その口ぶりはどこか観念したようでもあって、同時に彼女が本物の『歌姫』である証拠《しょうこ》でもあった。

「……よろしく」

「はあ……よろしくお願いします」

思わず挨拶《あいさつ》してしまった。対して少女……『歌姫』こと羽搏乙葉《はばたきおとは》は落ちた帽子を拾うと、また目深《まぶか》に被《かぶ》った。

「羽搏《はばたき》さん。あなたはどうしてあんな屋上から降ってきたんですか？」

「……今は、逃走《とうそう》中だから」

イマイチ要領を得ないな。恐らくホテルかどこかから脱走《だっそう》して、スタッフか何かに追いかけられている……といったところだろうか。

「そうですか。じゃあ、早く戻った方がいいですよ。また落下する前に」

「……それは出来ない」

「なぜですか？」

「……わたし、家出中だから」

「家出中ですか」

だったらますます帰った方がいいだろうに。

「……助けてくれてありがとう」

「どこに行かれるんですか」

「……分からない。とにかく、逃げるだけ」

そのままスタスタと何事もなかったかのように歩いていく羽搏乙葉《はばたきおとは》。

ここでその後ろ姿を見送るのは簡単だ。けれど逃げる為《ため》に屋上からあんな頼りないロープを伝って降りようとする……言ってしまえば、無茶《むちゃ》をやらかす娘《むすめ》だ。

それを見て、知って、出会ってしまって。

心配や懸念を抱《だ》いたまま見てみぬふりをするなんて……お嬢に仕える者として正しい振る舞いではないだろう。

俺のような捨て子がお嬢の傍に居る為には、やはり相応の人間として振る舞わねば。

「お待ちください」

「……なに？」

「心配なのでお供させてください。あなたが無事、お家に帰るまで」

「……あなた、物好きだね」

「そんなことありません。俺はただ、お嬢《じょう》に仕える者として相応《ふさわ》しい振る舞いをするように心がけてるだけですから」

「…………」

羽搏乙葉《はばたきおとは》は少しの間だけ沈黙すると、

「……わかった。いいよ」

頷《うなず》きと共に、家出に同行することを許可した。

――――♪♪♪

ポケットの中のスマホから着信音が鳴り響《ひび》く。

画面を見てみると、お嬢からのものであることが示されているものの、

「……だめ」

羽搏乙葉《はばたきおとは》は俺のスマホを取り上げるや否《いな》や、すぐに着信を切る。

「あっ」

「……一緒《いっしょ》に来るのはいいけど、他の人に連絡《れんらく》をとるのはだめ」

「随分《ずいぶん》と警戒《けいかい》してるんですね」

「……面倒《めんどう》事は避《さ》けたいから」

俺が色々と喋《しゃべ》るとでも思ったのだろうか。それとも彼女を追いかけてくる何者かのこと

を考慮してか。……仕方がない。あんな頼りないロープで屋上から降りようとする危なっかしい『歌姫様』を放置しておくのも問題だし、ここは従っておこう。

(申し訳ありません、お嬢。あとで説明します)

心の中でお嬢に詫《わ》びると、俺はスマホの電源を切ってポケットの中にしまう。

「これでいいですか」

「……ん」

満足げに頷いた羽搏乙葉《はばたきおとは》は、そのままスタスタと淀《よど》みない足取りで路地裏を後にすべく歩き出し、俺はその後をついていくのだった。

☆

「……ねぇ。影人《えいと》と連絡はとれた?」

『いや、オレからもかけてみましたけどダメっスね。電源切ってるみたいです』

「うぅ～……!　なんか物凄《ものすご》く、ものすごーく嫌《いや》な予感がするんだけど……!」

『天堂《てんどう》さんの勘《かん》は当たりますからねぇ……』

今回ばかりはその勘は外れてほしい。

だけど同時に、的中していることも何となく分かってしまう。

「ああ、もうっ。影人《えいと》ったら、どこにいるのかしら？　手遅《ておく》れになる前に早く見つけ出さないと……！」

☆

看板だったり大型ビジョンだったり、街のあちこちに羽搏乙葉《はばたきおとは》の顔が映っている。

その歌姫様本人が今こうして隣《となり》を歩いているというのも不思議な感覚だ。

「本当に歌姫さんなんですね」

「……疑ってたの？」

「ははは。すみません。いくらなんでも屋上から歌姫様が落ちてくるとは思いませんでしたから」

空から降ってきた女の子を受け止めることはたまにあるけど、歌姫が降ってきたのは初めてのパターンだった。

「ところで、羽搏《はばたき》さんはなぜ家出されているのでしょう？」

「………反抗期《はんこうき》？」

「なぜ疑問形に……」

「……自分でも分からないから」

そういうものなのだろうか。俺は親に捨てられてからは反抗期というものになり損ねたので、反抗期についてはよく分からない。

「なるほど。ところで羽搏《はばたき》さん」

「なに？」

「さきほどから同じところをぐるぐると回ってることにお気づきですか？」

「…………………」

どうやら気づいてなかったらしい。

今俺たちがいるこの噴水《ふんすい》のある広場は、十分ほど前に通りかかったばかりだ。

「もしかして方向音痴《おんち》ですか？」

「……ちがう。方向に対する感覚が少し個性的なだけ」

「なるほど。つまり方向音痴なのですね」

「……ちがう」

表情の変化に乏《とぼ》しいから分かりづらいが、拗《す》ねてるな。

というかこの歌姫様、家出には致命的《ちめいてき》に向いてないぞ。

「自分で言うのもなんですが、同行して正解でしたね。危なっかしくてとても一人にはできません。面倒を見ている人の苦労が分かりますよ」

「………君、意外と容赦《ようしゃ》ないね」

「そうでしょうか？」

お嬢がハッキリと物を申される方だから、それがうつったのかもしれない。

「手加減がお望みなら、そうしますが」

「……別にいい。わたしに対してハッキリ言う人って、あまりいないから。ちょっと新《しん》鮮《せん》」

「そうなんですか？」

「……うん。わたしが歌わないと困るから、機《き》嫌《げん》をとったり、顔色を窺《うかが》ったりする人ばかりなの……同じぐらい陰口《かげぐち》も聞くけど。『何を考えているのか分からない』とか、『笑わなくて不気味だ』とか。そういうの」

「なんだ。それは周りの人が鈍《にぶ》いだけですよ」

「えっ……？」

俺の発した一言に、羽搏《はばたき》さんは帽子の下で目を丸くする。

「確かに表面的にはクールな方ですが、羽搏《はばたき》さんは意外と分かりやすいですよ」

……少なくとも、幼い頃のお嬢よりはよっぽど分かりやすい。

幼い頃のお嬢は、ワガママでお転婆《てんば》なように見えても、本当の気持ちを奥底《おくそこ》に押《お》し留《とど》めるところがあった。誕生日に旦那様《だんなさま》と奥様《おくさま》が急な仕事で帰ってこれなかった時も、周りには平気そうに振る舞っていたのに、一人で泣きじゃくっていたりもして。

「……そうなの？」

「ええ。普通に驚いたり、笑ったり、拗ねたり。俺からすれば、とても素直《すなお》な方ですよ」

「……そんなこと、はじめて言われた」

「今までよほど鈍い人ばかり周りにいたんですね」

「……ふふっ。そうかも」

その起伏《きふく》の乏しい表情に、微《かす》かに笑《え》みが零れる。

「ほら、今も笑ってる」

「…………あ」

自分でも驚いているのか、羽搏《はばたき》さんは、はっとしたような反応を見せる。

「不思議……普段は、あまり笑えないのに……なんでだろ？」

「そういう時は、普段と違《ちが》う点を考えてみては？」

「普段と違う点………………」

なぜかまじまじと俺《おれ》の眼を見つめてくる羽搏《はばたき》さん。

……何か気に障《さわ》ることでも言ってしまったのだろうか。

「……そういえば君、名前は？」

「申《もう》し遅《おく》れました。夜霧影人《やぎりえいと》と申します」

「……影人《えいと》って呼んでいい？」

「構いませんよ」

どうやら気に障ることを言ってしまったわけではないらしい。

内心でほっとしていると、

「わたしのことも、乙葉《おとは》でいい」

「分かりました。では、乙葉《おとは》さんで」

「……うん。それでいい」

乙葉《おとは》さんはどこか満足げに頷くと、俺の手を掴《つか》む。

「……いこ。影人《えいと》。家出の続き」

「また同じところをぐるぐると回り続けるのは勘弁《かんべん》してほしいのですが」

「じゃあ、影人《えいと》がわたしを連れていって。その方が楽しそう」

「休日を持て余していた身なので、楽しませてあげられるか自信はありませんが……分かりました。俺なりに頑張《がんば》ってみます」

「……期待してる」

☆

街中を車で見て回っているが、一向に影人《えいと》の姿が見当たらない。

冷静になって考えてみれば当たり前だ。がむしゃらに探したところでこの広大な街にいるたった一人の人間を見つけ出すことなんて難しいに決まっている。

何か手掛《てが》かりが欲《ほ》しいところだけど……残念ながらそれもない。スマホは電源を切っているのか繋がらないし。

……いや。まだ諦《あきら》めるのは早い。

手がかりがないなら仮説を立てればいい。

あの影人《えいと》と連絡がつかないなんてことは滅多《めった》にない。天堂《てんどう》家絡《がら》みの仕事で連絡が繋がらなくなる時は事前に教えてくれるし。

だとすれば、予期せぬトラブルに巻き込《こ》まれたのだとしよう。

そのトラブルとは何か？

荒事《あらごと》の可能性は低い。街をざっと見回ってるけどその兆候はないからだ。

だとすれば…………考えたくはないけど一番可能性があるとしたら、女の子絡みね。これに関しては私の勘だけど、私の勘が外れたことはない。

手がかりがない以上、勘という不確かなものに頼《たよ》るのはこの際、仕方がない。

仮に女の子絡みのトラブルだとして……やっぱりあの歌姫様だろう。考えたくはなかったけど。

これまでの前例《パターン》と私の勘を組み合わせた推測を立てるとしたら、『上から降ってきた羽《は》搏乙葉《ばたきおとは》を影人《えいと》が受け止めたことをきっかけに一緒に行動することになった』といったところだろうか。

これまでも何回かあったしね……影人《えいと》が、上から降ってきた女の子を受け止めたこと。

嫌な予感を抱いていると、スマホに連絡が入った。風見《かざみ》からだ。

『うぃーっす。ウチと天堂《てんどう》のツテを使って調べてみましたよ、羽《は》搏乙葉《ばたきおとは》のこと』

「どうだったの？」

『ここだけの話、泊《とま》ってるホテルから脱走したらしいっすね』

「…………それ、いつの話？」

『今朝の話』

「…………………………」

思わず頭を抱《かか》えた。

『しかも聞いたところによると、逃げ込んだ先のビルの屋上からロープを伝って降りようとした形跡《けいせき》があって……』

「そのロープ、古いやつでしょ。それで、途中《とちゅう》で千切れてたりしてるんじゃない？」

『えっ。なんで分かったんスか？』

「………何となくね。そんな気がしたのよ。経験ってやつね」

私の勘が当たってしまった。今回ばかりは当たってほしくなかったけど。

「その千切れたロープのあったビル、どこか分かる？　まずは現場に行って痕跡《こんせき》を辿《たど》りたいの」

『分かりますけど……なんか、めちゃくちゃ焦《あせ》ってません？』

「当たり前でしょ。こうしている間にも、フラグが建築されてるに決まってるんだから……！」

☆

家出といっても特に行くアテがあるわけでもなければ、俺はあまり遊びに行く方でもない。

「……ゲームセンターってはじめて」

なのでとりあえず、『遊ぶことを目的とした場所』へと連れて行くことにした。

大通りに比べて人も少ないので、周囲に乙葉《おとは》さんのことがバレるリスクも下げておきたかったという意図もある。本人曰《いわ》く、「堂々としてれば意外とバレない」らしいが、用心しておくに越《こ》したことはないだろう。

「影人《えいと》は普段《ふだん》から、よく来るの？」

「あまり来たことはありませんけどね。休みの時、たまに友人が誘《さそ》ってくれるんですよ」

店内に入ると無作為《むさくい》に流れる賑《にぎ》やかな電子の音が出迎《でむか》える。

いくつか新しいゲームも導入されたようだが、全体的には以前、雪道《ゆきみち》と一緒に来た時と筐体《きょうたい》のラインナップはあまり変わっていないらしい。

「何か興味のあるものはありますか？」

「…………あれ。やってみたい」

乙葉《おとは》さんが指したのは、店内の奥にあるゲームだ。

ベルトコンベアのような形状をしており、目の前には大きなモニターが設置されている。

「ダンスゲーム？　それは構いませんが……」

実は行き先をゲームセンターに決めた時、最初に浮《う》かんだものではあった。

なぜ家出をしているのか。その詳細《しょうさい》は分からないが、嫌なことがあったのならひとまず体を動かして汗《あせ》を流すのもいいかもしれないと。

しかし、この歌姫様は現在、活動休止中の身だ。

体調面ではないのだろう。ホテルから脱走して屋上からロープを伝って降りようとするだけの体力もあるし、ここまで注意して観察してみたが体調を崩《くず》してる様子も、これから崩す兆候があったわけでもない。歩き方にも不自然なところは見当たらないし、むしろ一目で体幹の良さが分かったので感心してたぐらいだ。

だからこそ何かしらの精神面……音楽的な方面での理由なのかと推測して、ダンスゲームは避けようとしていたのだが……自分から選ぶとは思わなかった。

「いいんですか？」

「なにが？」

不思議そうに首を傾《かし》げる乙葉《おとは》さん。特に何かを気にしている様子もない。

「……いえ。なんでもありません。行きましょうか」

幸いにして今はそのゲームを誰《だれ》もやっていなかった。

「難易度《なんいど》が選べるみたいですね。最初は一番簡単なものにしますか？」

「一番難しいのがいい」

大した自信だ。そういうところは、どことなくお嬢を思い出すな。

「影人《えいと》も一緒にしよ？」

「いいですよ。俺もこのゲームをするのは初めてなので、ついていけるかは分かりませんが、それでもよろしければ」

どうやらこのゲームは協力プレイも出来るみたいだ。

二人で一緒に踊《おど》って、ポイントを合計してスコアを出す仕組みらしい。

クレジットを投入して画面を操作していくと、今度は選曲の画面に辿り着いた。……少し探《さぐ》ってみるか。

「おや。乙葉《おとは》さんの曲もありますね。これにしますか？」

「うん。いいよ」

「では、はじめましょうか」

ゲームをスタートさせると、ＣＭなどで聞いたことのある音楽が流れ、画面にはマークが表示される。流れてくるマークに合わせてタイミングよくステップを踏《ふ》んだりジャンプをしたりするのがこのゲームの遊び方だが、一番難しい難易度というだけあってタイミングが早い。

「っと……」

リズム感と己《おのれ》の反射を頼りにステップを踏んでいく。序盤《じょばん》は何とかノーミス。

ゲームのコツも掴んできたし、特に問題はなさそうだ。

「────っ……」

隣の乙葉《おとは》さんの様子を横目で窺ってみると、彼女は流麗《りゅうれい》なステップを踏みながらこちらもノーミス。華麗《かれい》で、そしてクールでもあって。ゲームの最中だというのに一瞬だけ見惚《みと》れてしまいそうになった。

ほとんど鍛錬《たんれん》で培《つちか》った足腰《あしこし》と反射で何とかしている俺とは根本的に違う。

彼女のステップは、まさに歌や音楽に寄り添《そ》うためのもの。見る者の心に訴《うった》えかける力があった。

それに、なにより────楽しそうだ。

流れる音楽に合わせて、本当に楽しそうに踊っている。

見ているこっちまで楽しくなる、そんな魅力《みりょく》があった。

(あれ……?)

だけど。その中でも僅かに苦しそうな……いや、これは悲しみだ。

彼女の目に、僅かにではあるが悲しみの色が宿っているようにも見えた。

やがて音楽が鳴り止《や》み……曲が終了《しゅうりょう》する。

機械がスコアを計算している間に一息ついていると、

「……影人《えいと》、すごい」

「そうですか？　むしろ乙葉《おとは》さんの方が凄《すご》いと思いますけど」

「はじめて一緒に踊ったのに、わたしについてきた」

「鍛錬で鍛《きた》えた足腰と反射で誤魔化《ごまか》してるだけですよ」

「そんなことない。リズム感も悪くないし……少し練習すれば、わたしとステージに立てる」

「あはは。光栄です」

うーん……乙葉《おとは》さんの目がキラキラと輝《かがや》いているような……。

「もう一回。もう一回、一緒に踊ろ」

「いいですよ」

その後、もう一度ゲームをプレイしてハイスコアを叩き出したものの、人が集まってきて目立ってきたので、俺たちはすぐにゲームセンターを後にした。

「はぁっ、はぁっ……すみません。俺が迂闊《うかつ》でした。まさかあそこまで人が集まるとは」

「ううん。わたしも、周りが見えてなかった」

駆《か》け足《あし》気味で訪《おとず》れた、大池のある広大な公園でひとまず息をつく。

休日なのでいつもより多少の人はいるが……まあ、大通りやゲームセンターほどじゃない。普通にしている分にはそう目立たないだろう。

「……ありがと。久々に楽しかった」

「楽しんでいただけたのなら何よりです」

それからは特に何かをするわけでもなく、二人で大きな池を眺《なが》める。

先ほどのゲームセンターとはうってかわって、長閑《のどか》で静かな時間が流れていた。

「……訊《き》いてもいい？」

「どうぞ」

「……影人《えいと》はどうして、わたしの家出についてきてくれたの？　わたしのことが心配って言ってたけど……それだけじゃない気がする」

「乙葉《おとは》さんが心配だったのは嘘《うそ》じゃありませんよ。ただ……乙葉《おとは》さんを見ていると、昔のお嬢を思い出してしまって」

「……それって、影人《えいと》のご主人様？」

「はい。お嬢も昔、家出をしようとしたことがあるんですよ。お仕事ばかりで忙《いそが》しいご両親の気を引きたくて……自分を見てほしくて。だから、乙葉《おとは》さんのことも何となく放っておけなかったんです」

「…………………」

考《かん》え込むように黙《だま》り込む乙葉《おとは》さん。風の音が耳を掠《かす》め、僅かな静寂《せいじゃく》が漂《ただよ》う。

「……こっちも一つ訊いてもいいですか？　少々踏み込んだことになりますが」

「……うん」

「乙葉《おとは》さんは今、活動休止されてますよね」

乙葉《おとは》さんに言葉はなく、こくりと頷きを以《もっ》て肯定《こうてい》する。

「もしかして――歌えないんですか？」

その俺の推測に対し、乙葉《おとは》さんは驚いたように目を丸くする。

「……どうしてわかったの？」

「今日の乙葉《おとは》さんを見て、体調面でないことは分かりました。あとは精神面の問題。なおかつ活動を休止せざるを得ない事情となると……そうなのかなと」

「すごいね……影人《えいと》。うん。当たり」

乙葉《おとは》さんは自分の喉《のど》にそっと手を添える。

「普通に喋ることは出来る。でも、歌おうとすると……どうしても声が出ない」

「……そうでしたか。すみません。ぶしつけに」

「ううん。気にしてない」

ダンスゲームの時に見せた微かな悲しみは、恐らく歌えないことへのものか。

「影人《えいと》の考える通り、医者からも精神的なものだって言われた」

「何か原因に心当たりは？」

「……分からない。ただ、歌えなくなる直前に……お父さんに言われたの。『お前はもう歌うな』って」

「歌姫《うたひめ》に対して『歌うな』とは、これはまた凄いことを仰《おつしや》るお父様ですね」

「……お父さん。前からわたしが歌っても、あまり嬉《うれ》しそうじゃなかったから」

乙葉《おとは》さんはぼんやりとした、どこか朧《おぼろ》げな足取りで、池の周りを沿うように歩き出す。

「……お母さんも歌手だったの。でも、わたしが小さい頃《ころ》に死んでしまった。お父さんはとても落ち込んで……だから、わたしは歌うようにしたの。お父さんは、お母さんの歌が好きだったから」

それは幼い子供なりに考え出した、父親を元気づけるための行動だったのだろう。

「……わたしにとって、歌は手段。歌は道具。お父さんを元気づけるためのもの。それ以上でもそれ以下でもない。お父さんが歌うなって言うのなら、もう必要ないということ……だから、歌えなくなったんだと思う。わたしにはもう必要のないものだから……」

「それは違うと思いますよ」

結論付けようとした乙葉《おとは》さんの言葉に、つい口を挟《はさ》んでしまった。

「……なぜ？」

「だって乙葉《おとは》さん、歌うことは大好きでしょう？」

「歌が……好き？　わたしが？」

俺の言葉に乙葉《おとは》さんは困惑《こんわく》している。どうやら自分でも気づいていなかったらしい。

「……どうして、そう思うの？」

「さっきのダンスゲームの時……乙葉《おとは》さん、とても楽しそうにされてましたよ。キラキラと輝いてて、こっちが見惚れてしまうぐらいに。けれど同時に、悲しそうでもありました。……歌うことが大好きだからこそ、音が楽しくて、歌えないことが悲しい。俺にはそう見えました。それに……」

目を閉じてゆっくりと思い出す。ＣＭや街の大型ビジョンから流れる歌姫の歌声を。

「……あなたの歌は、普通《ふつう》に暮らしているだけでも色々なところで耳にします。その度に、ふと思うんです。『ああ、この人は歌うことが心底好きなんだな』って」

「そんなこと……」

「そんなことないんですか？　今まで本当に、楽しくなかったんですか？」

「…………………………」

俺の問いに対し、乙葉《おとは》さんは口を噤《つぐ》む。この沈黙《ちんもく》は、きっと己に対する問いだ。

自分の心に問いただしているんだ。歌への想《おも》いを。

「…………………………そっか。わたし、歌が好きだったんだ」

「今更《いまさら》気づいたんですか？」

「……うん。そうみたい」

乙葉《おとは》さんの顔には、どこか憑《つ》き物が落ちたような、柔《やわ》らかい笑みが浮かんでいた。

「……今までずっと、歌は手段だった。道具だと思ってた。お父さんを元気づけるためのものだから、わたしは楽しんじゃいけないって思ってた。でも…………いつの間にか、好きになってたんだね」

自分の想いを確かめるように、乙葉《おとは》さんは静かに言葉を紡《つむ》ぐ。

「乙葉《おとは》さんが歌えなくなったのは、大好きな歌を、大好きなお父様から否定されたのがショックだったんだと思います」

「……どうすればいいのかな」

「簡単ですよ。まずはお家に帰って、お父様と話してみてください。そして伝えるんです。

乙葉《おとは》さんの想いを」

「でも、お父さんは……わたしの歌が嫌《きら》いだと思う」

「そうでしょうか？　俺はそうは思いませんけど」

「……どうしてそう思うの？」

「今日会ったばかりの俺でも、乙葉《おとは》さんが歌うことが大好きだって分かったんですよ。父親が分からないわけないじゃないですか。……きっと、お父様にはお父様なりの考えがあって、わざと突《つ》き放《はな》すようなことを仰ったんじゃないでしょうか」

「…………」

「まずは家に帰って、お父様とゆっくり話し合ってみてください。きっと心配しているはずですから」

「……わかった。お父さんと、話してみる」

彼女《かのじょ》なりの決心を固めたらしい。既《すで》に朧げな足取りはなく、両の足でしっかりと大地を踏みしめている。

「ありがとう……影人《えいと》。大切なことに気づかせてくれて」

「お気になさらず。大したことはしてませんから」

「ううん。わたしにとっては、とても大切なこと」

いつの間にか、日が落ちようとしていた。

吹きすさぶ心地良《ここちよ》い風が、歌姫の長い髪《かみ》を優《やさ》しく撫《な》でながら流れていく。

その光景はどこか幻想的《げんそうてき》で美しく、彼女の決心と想いを讃《たた》えているようでもあった。

「じゃあ、家出は終わりですね。帰りは送っていきますよ」

「うん。ありがと」

そうして帰路につこうとした乙葉《おとは》さんの歩みが、ピタリと止まる。

「…………影人《えいと》。もし、わたしがまた家出をしたくなったら……その時は、来てくれる？」

「出来れば、家出はもうやめてほしいところですが……そうですね。あなたが望むなら、また連れ出してあげますよ」

「そっか…………ふふっ。その時は、お願いね」

満足げに頷く乙葉《おとは》さん。浮かべる笑みは年相応の少女らしく、どの広告や大型ビジョンに映るそれよりも魅力的《みりょくてき》だと思った。

「――――影人《えいと》っ！」

聞き間違《まちが》えるはずのない声に、思わず振《ふ》り向く。

こちらに駆け寄ってくるのは長い金色の髪をたなびかせる少女で――――

「お嬢!?　どうしてここに……!?」

「はぁっ……はぁっ……どうしてもなにも……ぜんぜん連絡がとれないし、悪い予感がしたから、探してたのよ。ゲームセンターの騒動《そうどう》を耳にしたから、最終的には人を使って人海戦術で情報を集めて……って……」

息を整えるお嬢だったが、俺の傍《そば》に居た乙葉《おとは》さんの姿を見てピシリ、と石のように体を硬直《こうちょく》させる。

「あ、説明が遅れました。お嬢、この方は……」

「……羽搏乙葉《はばたきおとは》さん、でしょ？」

「やっぱり、ご存知《ぞんじ》ですよね。有名人ですし」

「ええ。そうね。……ふふふ……やっぱりね……そんなことだろうと思ったわ……もう手遅れということも、見れば分かるし……」

さすがのお嬢も、突然《とつぜん》の歌姫の姿に驚《おどろ》いているようだ。

目から光が消えているように見えるのも、きっと驚きすぎているせいだろう。

「心配をかけてしまったようで、申し訳ありません。俺は今から、乙葉《おとは》さんをお家まで送ってきますので……」

「その必要はないわ。うちの車に乗せて行けばいいし」

「……だいじょうぶ。わたしは影人《えいと》と一緒に歩いて帰るから」

「あら。遠慮《えんりょ》しなくてもいいわよ？　スペースにはぜんぜん余裕《よゆう》があるし、なにより車の方が早急《さっきゅう》に、迅速《じんそく》に、あなたをお家まで届けてあげられるから。何なら、私が影人《えいと》と歩いて帰ってもいいし」

「それもそうですね！　乙葉《おとは》さんのお父様も心配されてることでしょうし、少しでも早い方がいいでしょう」

さすがはお嬢だ。乙葉《おとは》さんの現状をいち早く把握《はあく》しての判断なのだろう。

「……わかった。あなたの車で送ってもらう。でも、わたしに気を遣《つか》う必要はない。三人で一緒に乗ればいい」

「あら。それはご親切にどうも」

という乙葉《おとは》さんの提案もあって、俺たちは三人で車に乗り込んだ。

車内ではお嬢と乙葉《おとは》さんの会話がとても弾《はず》んでおり、きっとこの二人は良い友達になれるだろう……と、俺は密《ひそ》かに思うのだった。

☆

わたし────羽搏乙葉《はばたきおとは》の記憶《きおく》の中に在るお母さんの姿は、実は少ししかない。

多くの思い出を作る前に亡《な》くなってしまったからなのだけれど、それでも綺麗《きれい》な歌声だけは覚えていて、いつも難しい顔をしている堅物《かたぶつ》のお父さんの顔も緩《ゆる》ませる……わたしにとってお母さんの歌は、魔法《まほう》の歌だった。

ただしそれもお母さんが亡くなるまでの話で、あの頃のお父さんは泣いてばかりだった気がする。

わたしが歌ったのは、そんなお父さんの悲しみを癒《いや》したかったから。

お母さんみたいな魔法の歌をうたえるようになりたかったからだ。

歌は手段であり道具でしかなく、それ以上でもそれ以下でもないもの。『歌姫』なんて呼ばれるようになったのも、お母さんみたいな魔法の歌を追求していくうちにたまたまそうなっただけのことだ。別に望んだわけでもない。

お父さんが元気になってくれるのなら、わたしのことなんてどうでもいい。

「ったく……あの歌姫様《うたひめさま》、何を考えているのかぜんぜん分からねぇよ。機嫌をとらされてるこっちの身にもなれよな……」

――だから、陰《かげ》で何を言われても平気。

「ちっとも笑わないし、不気味だよなぁ……まるで、お歌のロボットじゃないか」

――だから、独りになっても平気。

「お前はもう歌うな」

——だけど、お父さんはわたしの歌を否定した。

「お前の歌など聞きたくもない」

お父さんは、わたしに背中を向けたまま、目を一切《いっさい》合わせることなくわたしの歌を否定し、拒絶《きょぜつ》した。

その時は何とも思わなかった。いや、何とも思わないふりをしていた。

普通に仕事に行って、普通に歌おうとして。

「——っ……ぁ……？」

わたしは歌えなくなった。

普通に会話は出来る。喋ることも出来る。歌おうとすると声が出ない。

医者からは精神的なものだと言われたけれど原因なんて思《おも》い浮かばなくて。

でも歌うことは出来ないから、活動は休止することになった。

今思うと……ショックだったんだと思う。お父さんから否定されたことがショックでたまらなかったんだと思う。

家出なんてしたのも、最初は衝動的《しょうどうてき》なものだけど、今ならお父さんに見てほしかったからだと分かる。一切目を合わせず、背中を向けたままだったわたしのお父さんに、ちゃんとわたしを見てほしいと思った。

それを見抜《みぬ》いて、教えてくれたのは……影人《えいと》だ。

偶然《ぐうぜん》出会った彼《かれ》は不思議な男の子だ。

わたしを『歌姫』としてではなく『羽搏乙葉《はばたきおとは》』として接してくれる。

遠慮が無くて、ご機嫌取りなんてこともしなくて、わたしの中にある気持ちに気づかせてくれた。自分でも気づかなかった気持ちを優しく形にしてくれた。

「……お父さん」

家出から戻《もど》って、こうしてお父さんと向き合うことが出来たのも……影人《えいと》のおかげだ。

彼と過ごした短い時間が、わたしに大きな勇気をくれる。

「わたしは、歌が好き。歌うことが好き。……だからこれからも歌いたい。お父さんのためだけじゃなくて、自分のためにも」

家出から戻ってきたわたしの言葉を、お父さんは黙って聞いていて。

「…………お前が歌うのは、過去に囚《とら》われているからだと思っていた。お前にとって歌とは、過去の象徴《しょうちょう》だと思っていた」

だけど。

「私が不甲斐《ふがい》ないばかりに、お前を過去に縛《しば》り付けてしまった。お前を孤独《こどく》にしてしまったのだと……もう『歌』という『過去』には縛られず、未来に進んでほしいと……そう思っていたのだがな……」

今度のお父さんは、わたしの目をちゃんと見てくれて。

「………どうやら過去に囚われていたのは、私の方だったようだ。お前はとっくに、未来へと目を向けていたのにな……すまない。お前を無駄《むだ》に追い詰《つ》めてしまった」

「……大丈夫《だいじょうぶ》。今なら分かるから。お父さんの気持ちが」

歌うなと言ったのは、わたしに未来へと進んでほしいというお父さんなりの願いの現れだった。あの時、背を向けていたのはきっと……お父さんも辛《つら》かったんだ。

（………ありがとう。影人《えいと》）

心の中で、ある男の子の姿を思い浮かべながら。

わたしは胸の中に生まれていた温かい気持ちを、そっと抱《だ》きしめた。

☆

「休み明けだっていうのに、あんまり休んだ気がしないわね……」

休日に勃発《ぼっぱつ》した歌姫様の騒動も無事に解決し、無事に平日を迎《むか》えることが出来た。

だけど私の心は休み前よりも疲《つか》れている……ような気がする。

「お嬢《じょう》。体調がすぐれないようでしたら、今からでもお休みになられては……車ならすぐに手配いたしますが」

「大丈夫よ。どちらかというと、身体より心の問題だから」

「？」

当の影人《えいと》本人は私の心労をよく分かっていないらしい。

影人《えいと》はよくフラグを建てるが、今回のは結構大きい方だった。

何しろ相手は活動休止中とはいえ有名な『歌姫』様だ。

影人《えいと》のもとに駆け付けた際の、あの歌姫様の顔を見てすぐに悟《さと》った。

ただただ「遅《おそ》かった……！」という気持ちだけが今も胸中に渦巻《うずま》いている。むしろあの時あの場で膝《ひざ》をつかなかっただけ、私は偉《えら》いとすら思う。

……でも、歌姫様はもう家に帰った。確かに歌姫様は大型新人泥棒猫《ライバル》として強力だけど、それ故に問題が解決したらもう会うことはないだろう。彼女が抱えていた問題も解決したようだし。

「とにかく、私は大丈夫だから」

「そうですか。……でも、無理はしないでくださいね」

「ええ。ありがとう」

ホームルームを知らせるチャイムが鳴り、みんなが慌《あわ》ただしく席に着こうと動き出したタイミングで教室に先生が入ってきた。

「ほらほら、みんなさっさと席につけー。今日は転入生を紹介《しょうかい》するからなー」

その先生の一言で、教室が俄《にわ》かに活気づく。

転入生というのは学園生活においてレアなイベントだ。騒《さわ》がしくなるのも無理はない
……だけど私は、とても嫌《いや》な予感がしていた。そして私の場合、予感は的中する方だ。

「入っていいぞー」

先生の呼びかけに従うように教室のドアが開かれ、入ってきた一人の少女に教室中の生徒が激しくざわめき始める。

揺《ゆ》れる長い銀色の髪。雪の華《はな》を思わせるクールな横顔。

テレビやSNS、広告などで今や彼女を見ない日はない。

「……羽搏乙葉《はばたきおとは》です。よろしくお願いします」

(そんなのあり⁉)

私が思わず机に突っ伏《ぶ》したのは、もはや言うまでもない。

第四章　お嬢様と歌姫

活動休止中だった歌姫の転入というニュースは瞬《また》く間《ま》に学園中へと駆け巡《めぐ》った。

「すっげー！　本物の羽搏乙葉《はばたきおとは》だ！」

「どうしてうちの学園に転入してきたんですか⁉」

「よろしければ連絡先《れんらくさき》を……！」

「あのっ！　私、ファンなんです！　握手《あくしゅ》してください！」

ホームルーム後の授業が終わった瞬間《しゅんかん》、彼女の周りはあっという間に人が集まり、それは二限目、三限目と休み時間になる度に人数が増えていき、ついには教室の外にまで見物の人だかりが出来るほどだ。

昼休みには生徒会が直々に出張ることになり、周囲の見物人たちに注意をせざるを得なかった。

「まさかうちの学園に転校してくるなんて………」

お嬢は朝から机に突っ伏したままだ。こんなにも落ち込んだお嬢は中々見ることは出来ないけど、何をそんなに落ち込んでいるのかはサッパリだ。

「恐《おそ》らく転入手続き自体はちょっと前から行われてたんでしょうし、運がなかったですねえ……」

雪道《ゆきみち》は同情のこもった眼差《まなざ》しをお嬢に向けている。

……気のせいだろうか。俺《おれ》だけが置き去りにされている感じがするのは。

兎《と》にも角《かく》にも、あまりの人だかりに朝から帰りのホームルームに至るまで、俺たちは乙《おと》葉《は》さんに話しかけることはおろか近寄ることすらままならなかった。

お嬢も照れくさいのか、自ら積極的に近寄ろうとはしていない。

前の休日には帰りの車内で随分《ずいぶん》と言葉を交《か》わしてたのになぁ……。共通点が俺しかないせいか、やたらと「影人《えいと》とはどういう関係かしら」とか「影人《えいと》は私に仕えてるの」とか話してた気がするので、この転入をきっかけに、お嬢と乙葉《おとは》さんの間でもっと話題を広げられるといいな。

そうすれば、お嬢にも乙葉《おとは》さんという仲の良いご友人が出来るかもしれないし。

「あの、羽搏《はばたき》さん！　転入初日でまだ学園にも不慣れですよね!?」

「よろしければ案内させてください！」

「お前、抜《ぬ》け駆《が》けする気か！」

羽搏乙葉《はばたきおとは》の案内という大役を巡って早くも争奪戦《そうだつせん》が勃発した。

その波は徐々《じょじょ》に広がり、生徒会が出張るような事態になるかと思われたが――――

「……ありがとう。でも、大丈夫」

これまで不動を保っていた乙葉《おとは》さんが突如《とつじょ》として席から立ち上がり、そのまま静かに俺たちの席まで歩み寄ってくると、

「……案内は、影人《えいと》にしてもらうから」

その一言で、騒がしい教室から全ての音が消え去ったかのような静寂が敷《し》かれた後、

「「「えぇぇぇぇぇぇ――――!?」」」

生徒たちの声が一気に膨《ふく》れ上がり、破裂《はれつ》した。

「お、おい夜霧《やぎり》！　お前、羽搏乙葉《はばたきおとは》さんと知り合いなのか!?」

「そもそも二人って、どういう関係!?」

クラスメイトたちの波が今度はこっちに押《お》し寄せてきた。

確かにあの歌姫と知り合いともなれば、そういう反応になるのかもしれない。

だが、『どういう関係』かと聞かれれば反応に困る。友人……というのはおこがましいだろうか。それとも家出仲間？　適切な言い回しが見つからない。

「わたしと影人《えいと》の関係は………………」

俺が頭を悩《なや》ませていると、どうやら先に考えをまとめてくれていたらしい乙葉《おとは》さんが動いた。ほっそりとした綺麗な人差し指が自身の唇《くちびる》に触《ふ》れ、その所作の美しさに周囲の生徒たちは言葉を失い、固唾《かたず》をのんで見守る。

やがて乙葉《おとは》さんは僅《わず》かな沈黙を経て、

「…………ひみつ」

にこりとした、雪のように儚《はかな》くも美しい微笑《ほほえ》みを零《こぼ》した。

……秘密の関係か。確かに『家出』なんて単語はあまり周囲に言いふらすものでもないだろうし、彼女が『歌えなくなった』ことは世間にも公表されていない。

秘密というベールに包み込《こ》んだ方が無難だろう。流石《さすが》は歌姫だ。こういう対応はお手の物だな。

「秘密の関係……だと……⁉」

「もしかして、恋人《こいびと》関係とか⁉」

「……それもひみつ」

興奮気味に問うてくる女子生徒に対し、乙葉《おとは》さんは微笑みを浮かべながら同じ回答をする。下手に言葉を継《つ》ぎ足せば『家出』のことや『歌えなくなった』ことが漏《も》れるからだろう。情報を必要最低限に絞《しぼ》ることこそが自らを守る術、ということなのだろうか。

「お嬢。乙葉《おとは》さんの対応は、流石の守りですね。参考になるなぁ」

「守り？　攻《せ》めの間違いでしょ……メディア対応で蓄積《ちくせき》させた経験値がこんなにも厄介《やっかい》だなんて……！」

そう語るお嬢はどこか悔《くや》し気《げ》だ。

「……影人《えいと》。いこ」

乙葉《おとは》さんは俺の手を、雪のように白く美しい両手で包み込む。

「お嬢。構いませんか？」

「そうね。いいんじゃないかしら。知り合いが一緒《いっしょ》に居てあげた方が、彼女も安心すると思うし」

お嬢はニコリと笑うと、そのまま席を立った。

「さ、行きましょうか。お互《たが》い、貴重な放課後を無駄にはしたくないでしょう？」

そう言うと、俺の腕《うで》をお嬢はぎゅっと抱きしめる。

……なぜか胸を押し付けてきている気がするのは、『人生ゲーム（仮）』の時の言葉が頭の中で蘇《よみがえ》ったからだろうか。

「……案内なら影人《えいと》だけでもいい」

「私に気を遣わなくても大丈夫よ。この前のお休みの時みたいに、三人でまわりましょう？」

「…………」

「…………」

「……あの時は別に三人でまわってない。影人《えいと》と二人きりだった」

「あら。公園で、私たち三人一緒だったじゃない。帰りの車の中でもたくさんお話したことも忘れちゃったのかしら？」

「…………」

「…………」

一瞬《いっしゅん》。本当に一瞬ではあるのだが……なぜかこの時、二人が刃《やいば》を鍔競《つばせ》り合い、火花を散らしているようなイメージが見えた。おかしいな。疲れてるのかな？　体調管理は基本だってのに。俺もまだまだ未熟だな。

「『三人』……？　『お休みの時みたいに』……？　じゃあ、天堂《てんどう》さんも居たってこと？」

「なんだ。夜霧《やぎり》と羽搏《はばたき》さんだけじゃなくて、天堂《てんどう》さんも含《ふく》めた三人が知り合いだったのか」

「そりゃそうだよな。夜霧《やぎり》って、天堂《てんどう》さんに仕えてるわけだし」

クラスメイトたちも俺たちの関係に何かしらの納得《なっとく》を得ることが出来たらしい。

流石はお嬢だ。乙葉《おとは》さんの『家出』や『歌えなくなったこと』といった、明るみにしたくない事情を隠《かく》すために、あえて自分がいたことをアピールしてみんなの意識を逸《そ》らしたんだ。乙葉《おとは》さんの対応力も凄いけど、お嬢だって負けてないな。

「………おい、影人《えいと》」

「ん？　どうした雪道《ゆきみち》」

「お前、あんな威圧感《プレッシャー》に挟まれてるってのに、よくもまあ平然としてられるなぁ……オレだったら一瞬でサイコロステーキみてぇに細切れにされてるわ。尊敬するぜ……」

「またよく分からんことを……一応訊いておくが、案内についてくるか？　お前は情報通だし、来てくれると助かるんだが」

「おいおい影人《えいと》、言葉に気をつけろ」

雪道《ゆきみち》はフッと口元に儚げな笑《え》みを浮《う》かべ、肩《かた》を竦《すく》める。

「…………………………」

「…………………………」

その近くでは、お嬢と乙葉《おとは》さんの無言の視線が雪道《ゆきみち》に注がれていた。

「言葉一つで消える命ってのも、この世にはあるんだぜ？」

「またお前は大袈裟《おおげさ》な……」

やれやれ。雪道《ゆきみち》の悪い癖《くせ》だ。

こいつは、たまにこういう大袈裟な物言いをすることがある。

「……じゃあ、行きましょうか。羽搏さん」

「……いいよ。一緒に行こう。天堂さん」

二人とも、随分と打ち解けてきた感じがするぞ。

これは良い友人同士になれるのかもしれないな。

☆

「あちらが食堂になります。今は難しいかもしれませんが、状況《じょうきょう》が落ち着いた頃にご利用ください。味の方も生徒たちからは好評です」

「……覚えておく。その時は、影人《えいと》も一緒に来てくれる?」

「そうね。三人で一緒にランチというのも悪くないかもしれないわね」

「……三人一緒じゃなくてもいい」

「そう。だったら風見《かざみ》も呼んで四人にしましょう」

先ほどから学園を案内しているが、既にお嬢と乙葉《おとは》さんの間では幾《いく》つもの言の葉が交じり合っていた。不思議と俺の眼には刃を手にした二人が斬《き》り結《むす》んでいるようにも映ったのだけれども、それはきっと疲れからくる幻覚《げんかく》なのだろう。

(お嬢が学園で、こんなにも他の女性と言葉を交わしているところを見るのは初めてかもしれないな……乙葉《おとは》さんにしたって、あの休日の時よりもずっと口数が多い気がする)

お嬢にしても乙葉《おとは》さんにしてもニコニコしてるし、二人ともお互いに気が合うんだろうな。それこそ、何かきっかけさえあれば良い友人になれるかもしれない。

「ここが中庭です。御覧《ごらん》の通り、広さもあるのでお昼休みには芝生《しばふ》の上で日向《ひなた》ぼっこをされる方や遊びに興じられる方で賑《にぎ》わっていますし、あそこに咲《さ》き誇《ほこ》っている美しい花々は、園芸部の方々の努力の賜物《たまもの》です。……いかがでしょう。あそこのベンチで、花々を眺めながら休憩《きゅうけい》しませんか?」

「……そうね。ずっと気を張り詰めていても仕方がないし」

「……確かに。ここで一息つくのもいいかもしれない」

タイミング良く、学園の案内も中庭まできたところで、俺は二人をベンチまで案内する。

……別に肩を寄せ合って座《すわ》ってほしいとまでは思ってないけど、それでも両端《りょうたん》に寄って座るとは思ってなかった。

これを見ると、あまり仲が良いようには……いや。まさか……二人は――――

(――――照れているのか?)

そうか。第三者である俺がいる前だと、お嬢も乙葉《おとは》さんも照れくさくて仲睦《むつ》まじく振る舞《ま》うことが出来ないのかもしれない。そういう意味では、やっぱりこの二人は気が合うのかもしれないな。

（……よし）

前からお嬢に学園でのご友人がいないことは個人的には気にしていたことだ。乙葉《おとは》さんならばきっとお嬢とも気の合う良きご友人になるかもしれない。

おこがましいことかもしれないが、ここはちょっとだけ背中を押させてもらおう。

「お嬢。乙葉《おとは》さん。喉が渇《かわ》いたでしょう？　俺が何か買ってきますから、お二人はここで休んでいてください」

そのまま言葉を返す隙《すき》を許さぬまま、ひとまず俺はその場を離《はな》れることにした。

飲み物を買いに行くというのは本当。ただ、学園の売店や自動販売機《はんばいき》ではなく学園の近くにあるコーヒー店ではあるけれど。

（この間に、少しでも交流を深めてくれればいいな）

☆

……呼び止める間もなく行ってしまった。

まったく、影人《えいと》ったら。一体どういうつもりなのかしら。

「…………」

羽搏《むこう》乙葉もいきなり私と二人きりの状態になって、少しだけ戸惑《とまど》っているようだ。……とはいえ。実のところ、私も戸惑ってはいるけれど。

さっきまでは何だかんだ泥棒猫に対する牽制《けんせい》をするという勢いがあったわけだけど、影《え》人《と》がいなくなったことでその勢いもすっかり落ちてしまった。

かといって、このままずっと黙《だま》っているのも居心地《いごこち》が悪い。

「……ねぇ」

「……なに？」

「………あなた、もう歌えるようになったの？」

「……うん。少しずつだけど、あの日から歌えるようになった。今はゆっくりレッスンして、リハビリしてる最中。せっかくだから、学園生活を楽しむつもり。学生生活の経験があれば表現の幅《はば》も広がるかもしれないし……お父さんを安心させてあげたいから」

「そう。それは何よりね」

「……心配してくれてたの？」

「そ、そんなんじゃないわ。ただ……あなたの歌声に関しては……悔しいけど、この私が認めざるを得ないものよ。それが無くなったら、勿体《もったい》ないって思っただけ」

「……それを心配って言うんじゃないの？」

「だから違《ちが》うって言ってるでしょ」

ああ、もうっ。この子、ちょっと天然入ってるのかしら。

話題を変えた方がよさそうだ。

「それよりも。あなた、どうしてこの学園に転入してきたの？」

「……前から興味があったの。ここ、お母さんが通ってたところだから。影人《えいと》がいたのは知らなかったから、嬉《うれ》しい偶然」

「あなたのお母さんね……いくつか曲を聴《き》いたことあるけど……人の心に響《ひび》き、色づかせる、素敵《すてき》な歌だったわ。この私が手放しで認めてあげるぐらいにはね」

「……当然。わたしのお母さんだから」

「休日の時から思ってたことだけど。あなた、そういう顔も出来るのね。テレビではもっとクールな感じだったのに」

「……影人《えいと》のおかげ」

そういうことね。まったく……影人《えいと》ったら。目を離すとすぐにこういうことしちゃうんだから。私もそうやって救われた側の人間だから、なおさらこの子の気持ちが分かってしまう。

「……一緒に居たい。傍に居たい。誰《だれ》にも渡《わた》したくない。こんな気持ち、はじめて。影人《えいと》がはじめてなの」

「……そうね」

放課後の中庭に風が流れ、私たちの頬《ほお》を優しく撫でる。

「うん。私にも理解出来るわ。その気持ち」

だって私たちは同じ人に救われて、同じ人を好きになってしまったから。

「……天堂《てんどう》グループのご令嬢《れいじょう》。パーティで少し見かけたことがあるぐらいだけど、あなたも思ってたより……」

「思ってたより可愛《かわい》らしくて驚いたかしら？」

「……面白《おもしろ》くて愉快《ゆかい》な人だった」

「それ、褒《ほ》めてるわけ？」

「……褒めてるつもり」

素直《すなお》に喜んでいいのか判断しかねるわね。

「……あなたは綺麗だし、可愛いし、勉強も出来てスポーツも出来て、影人《えいと》のご主人様。

強力なライバル」

「……まあ？　あなただって美人だし、絵本から飛び出してきた妖精《ようせい》みたいな美しさだし。歌にしたって、悔しいけど私が認めざるを得ないし。他の泥棒猫に比べれば、中々に厄介だと言ってあげるわ」

学園の中でここまで思い切った会話なんて、女の子同士だとあまりしたことがなかった。だからちょっと、不思議な気分だ。

「……でも、負けないから」

「それはこっちのセリフよ」

どんな手強《てごわ》い子が相手だって、影人《えいと》を渡してなんかあげないんだから。

「お嬢、乙葉《おとは》さん」

ようやく影人《えいと》が戻ってきた。その手にはコーヒー店の紙袋《かみぶくろ》があるところを見るに、やはり席を外したのはわざとだったらしい。

「お待たせしました。……遅くなって申し訳ありません。途中《とちゅう》で、知り合いの方に呼び出されてしまって」

「別にいいわ。こっちはこっちで楽しんでたから」

「……うん。有意義な時間だった」

「それは何よりです」

影人《えいと》からコーヒーを受け取る。描《えが》かれているマークは、天堂《てんどう》グループ傘下《さんか》にある店のものだ。……流石は影人《えいと》。私の好みの味をバッチリ把握してくれているわね。そうそう。このエスプレッソは私も開発の時に少しアドバイスして改良を加えたのよね。そのかいあって改良前より売り上げが向上して………。

「ちょっと待ちなさい」

「お嬢？」

私の勘《かん》が告げている。さっきの影人《えいと》の言葉で、聞き捨てならないことを聞いたような気が……。

「影人《えいと》。知り合いの人に呼び出されたって言ってたわよね？」

「はい。それがどうかしましたか？」

「誰に何の用で呼び出されたの？」

「C組にいる女子バスケ部の方です。どうしても聞いてほしいお願いがあるとかで」

「へぇ――……そう。聞いてほしいお願い、ねぇ………」

確かC組に女子バスケ部員は一人だ。しかも、中学時代は全国大会にも出たことがある将来有望な実力者、期待の新人とかで雑誌とかでも話題になってたはず。

「ちなみにその子とはどういう関係？」

「以前、バスケの悩みを抱《かか》えていた際に、俺が通りがかって……ちょっと話を聞いたり、練習に付き合ったりしただけですよ」

ああ、なるほど。そういえば中学時代、影人《えいと》がバスケやトレーニングに関する本を読み漁《あさ》って知識をつけたり、やたらと栄養バランスに凝《こ》ったお弁当を朝早くから起きて作ってた時期があったっけ……なんで急にバスケとは思ってたけど……これで謎《なぞ》が一つ解けたわ。

「……お願いって、どんな？」

どうやら羽搏《はばたき》さんも勘づいたらしい。

「今度の球技大会で優勝することが出来たら、俺に女子バスケ部に入ってほしいと……出来れば専属の練習パートナーになってほしいとかで」

「「…………」」

なるほどなるほど。専属の練習パートナー、ねぇ……？

へぇー。ふーん。そういうこと。これはアレね。最初は練習パートナーから始めて、最終的には人生のパートナーとかになっちゃうやつね。

「そうだ影人《えいと》。今日はこのまま帰るから、教室から鞄《かばん》を取ってきてくれないかしら。羽搏《はばたき》さんの分も一緒に」

「分かりました。少々お待ちください」

「ええ。頼《たの》んだわよ」

影人《えいと》はまた駆《か》け足でその場を去った。今度はさっきより早く戻ってくるのだろうけれど、時間は僅かでもお釣《つ》りは来る。

「ねぇ、羽搏《はばたき》さん。次の球技大会、女子の種目は何か知ってる？」

「……バスケットボール」

「その通り。ちなみに、バスケの経験は？」

「……やったことはない。でも、運動は出来る方」

「私もあまりやったことはないけど、まあセンスはある方だと思うわ」

「……だったら、お互いに練習が必要」

「そうね。まずは練習用の設備と指導してくれるコーチの用意かしら」

「……球技大会までに仕上げるには、きっと厳しい特訓が必要。お嬢様には耐《た》え切れないかも」

「寝言《ねごと》は寝《ね》て言いなさい。華奢《きやしや》な歌姫様の方こそ心配だわ。途中で倒《たお》れてしまうかもしれないもの」

「……それこそ寝言。厳しいレッスンはわたしにとっての日常だよ」

私たちはお互いの目を見つめ合う。……意図は明白。意志は合致《がっち》。

「練習設備と指導者《コーチ》はこっちで手配しておくわ」

「……放課後の予定は全て空けておく」

☆

天上院学園の球技大会は景品が出るということもあって、生徒たちにとって大きなイベントだ。

昔はそうでなかったらしいけれど、どこかのタイミングで生徒会や融和《ゆうわ》委員会――内部生と外部生の溝《みぞ》を埋《う》めるために設立された委員会――による改革が入ったことで、今のような景品が出る形式になったらしい。

なので、教室で待機している生徒たちの士気は高い。特に運動部員たちは随分と張り切っている。そして競技と同じ部活に所属している生徒には、周囲からの期待も大きい。

「とはいえ……バスケ部員って言っても、ウチらはベンチですらないけどね」

「それにC組には織田《おだ》さんがいるからさぁ……」

織田保奈美《おだほなみ》さん。一年生ながら既《すで》にレギュラーを獲得《かくとく》している女子バスケ部……いや、女子バスケ界期待の新星だ。中等部の頃《ころ》に悩みを抱えていたようだけど、無事にその悩みも解消して全国大会にも出場を果たした実力者だ。

「C組にバスケ部員は織田さんしかいないけど、それでもねぇ……」

「あたしらみたいなのが何人いようがどうしようもないっていうかさ……」

この二人……相川《あいかわ》さんと上野《うえの》さんは、織田さんと同じ中等部からの進学組。つまりは内部生であり、織田さんの実力も身に染《し》みているのだろう。

「そんなことありませんよ。相川さんは視野が広いですし、咄嗟《とっさ》の状況判断力に優《すぐ》れていらっしゃいます。パスの速度《そくど》やパスを出すタイミングも素晴《すば》らしいです。上野さんは試合の最初から最後まで走り切れる体力がありますし、シュート力だって中々のものです。何より二人とも基礎《きそ》がしっかりと身についております。地味な基礎練習を根気強く続けている証拠《しょうこ》ではないですか」

「夜霧《やぎり》くん、ウチらのことそこまで見てくれてたの……？」

「覚えてませんか？　中等部にいた頃、織田さんに誘《さそ》われて少しだけ女子バスケ部の練習を見学させていただいたことがあったのですが……」

「そりゃあ、覚えてるけどさ。てっきり織田さんのことしか見てないのかと……」

「そんなことはありません。皆《みな》さん一人一人の頑張《がんば》りは、全て覚えています。相川さんや上野さん……他の部員の方々も含め、全国大会にむけてひたむきに練習されていた姿はとても真っすぐで、織田さんにも負けず劣《おと》らず輝《かがや》いていましたから」

己《おのれ》が才に溺《おぼ》れず驕《おご》らず、幼少の頃から努力を重ねてきたお嬢のお姿を見てきたせいだろうか。頑張っている人というのは、俺の眼には輝いて見える。そんな人を少しでも応援《おうえん》したいと思うのは、もはや染みついたものだ。

「……あ。そうだ。よろしければ、こちらを皆さんでお使いください」

「これ……保冷バッグ？　何が入ってるの？」

「球技大会は勝ち進むと試合を重ねることになるので、おにぎりやゼリーなど、エネルギー補給になりそうなものを色々と。飲み物も用意していますので、お嬢たちと召《め》し上がってください」

「わざわざ用意してくれたの？」

「これ、全部手作り？　これだけのものを用意するとなると、朝も早かったんじゃ……」

「俺にはこれぐらいしか出来ませんから」

本当は俺も試合に参加してお嬢を支えたかったのだが、俺は女子の試合に出ることはできない。これぐらいのことしか出来ないのが歯がゆいぐらいだ。

「……ありがとう。夜霧《やぎり》くん」

「……試合の前から諦《あきら》めちゃダメだよね。うん。あたしたちもがんばる！」

「はい。頑張ってください。陰《かげ》ながら応援させていただきます」

それが、お嬢に仕える者として俺が出来る精一杯《せいいっぱい》のことだ。

「――そこまでよ、影人《えいと》」

「…………両手を上げて大人しくして」

そのお嬢本人と、乙葉《おとは》さんが教室に現れた。既に更衣室《こういしつ》で着替《きが》えを終えており、天上院学園の体操着を身に着けている。運動のためだろう。髪《かみ》は後ろで束ねていて、二人とも今日はポニーテールだ。

「なぜホールドアップ……？」

「『いいからじっとしてて。お願いだから』」

言われた通りにするものの、なぜホールドアップを命じられたのかはまったくの謎だ。

お嬢と乙葉《おとは》さんは、相川さんと上野さんの様子を一瞥《いちべつ》すると、二人揃《そろ》って沈痛《ちんつう》な面持《おもも》ちをし始めた。

「嘘《うそ》でしょ……着替えをしていた、たった一瞬で……⁉」

「……あまりにも、手際《てぎわ》が良すぎる…………！」

よく分からないが、二人はもうすっかりと気が合っている。

今日の球技大会まで、ほとんど毎日一緒に練習した仲だもんな。

「影人《えいと》。あなたはもう男子の方へ行きなさい」

「ですが、まだ時間的には余裕《よゆう》が……」

「……待たせるといけない」

そのまま二人に背中を押され、半ば追い出されるようにして俺は雪道《ゆきみち》のいる方へと押しやられてしまった。

「あ、あの、お嬢！　皆さん！　頑張ってくださいね！」

☆

「まったく……油断も隙もないわね」

「……心休まる時がない」

羽搏《はばたき》さんの言葉には同意しかない。二人揃ってため息をつくあたり、癪《しゃく》だけど私たちも息があってきたということなのだろう。

「だけど相川さんと上野さんの二人は大丈夫《だいじょうぶ》。『ちょっといいかも……？』ぐらいの段階よ。織田保奈美《おだほなみ》とかいう泥棒猫ほどの脅威《きょうい》ではないわ」

「……どうしてそんなことがわかるの？」

「長年の勘、ってやつかしらね……」

「……同情する」

　同情されるのはあまり好きじゃないけど、今回ばかりは染みるわね。……まさかこの気持ちを誰かと共有できる日がくるとは思わなかったけど。

……まあいいわ。それに、良いこともあった。

「相川さん。上野さん。どうやら二人とも、ちょっとは勝つ気になってくれたみたいね」

「あはは……うん。まあね」

「ていうか、見抜《みぬ》かれてたか」

「生憎《あいにく》と、私の眼は節穴じゃないの。さっきまでは織田保奈美《おだほなみ》に勝てるわけがないって気持ちが見え見えだったし……ま、今は違うようだけど？」

　影人《えいと》の行動には色々と思うところはあるけれど、それでもこの二人の心を解きほぐしてくれたことだけは感謝だ。

「安心なさい。確かにあなたたち二人だけなら勝算は低いかもしれない。……でもこのチームには私と羽搏《はばたき》さんがいるし、試合形式も人数の関係で四対四。普段《ふだん》の試合とは勝手が違う。何より……」

「「……何より？」」

私は二人の視線が集まったタイミングで、

「この球技大会に向けて、私と羽搏《はばたき》さんは血の滲《にじ》むような猛特訓《もうとつくん》をしてきたの」

自信たっぷりに、堂々と言ってやった。

「「血の滲むような猛特訓……？」」

二人は、私の言葉にぽかんとしている。

……おかしい。ここは感心して拍手喝采《はくしゆかつさい》するところなのに。……もしかすると、半端《はんぱ》な練習をしたのだと勘違《かんちが》いしているのかもしれない。

「そうよ。半端な練習はしてないわ。設備を貸しきった上に、元プロのコーチまで雇《やと》ってみっちりと鍛《きた》えたんだから」

「すごっ。流石は天堂《てんどう》グループのお嬢様……」

「そうなの？　羽搏《はばたき》さん……」

「……ん。ばっちり。絶対に勝ちたいから、頑張った」

クールな表情そのままにこくりと頷《うなず》き、ピースサインを作る羽搏《はばたき》さん。

そんな私と羽搏《はばたき》さんを見て、相川さんと上野さんは互いに顔を見合わせて――

「ぷっ。くくっ……」

「あははははっ！」

なぜか噴《ふ》き出した挙句に、大笑いした。

「……あ、ごめんごめんっ。別にバカにしてるわけじゃなくてさ」

「球技大会なのにあまりにもガチだから、つい……ふふっ」

どうやら虚仮《こけ》にされてるわけではないらしい。

それにしたって笑われるとは思わなかった……球技大会に真剣《しんけん》なのは当たり前だ。こっちは引き抜き泥棒猫《どろぼうねこ》を何としてでも阻止《そし》したいのだから。

「それにしても、血の滲むような猛特訓って……」

「天堂《てんどう》さんって……思ってたよりも面白い人だったんだね」

「なっ……!?　お、面白い？」

また言われた。面白い？　それじゃあ、まるで私が芸人枠《わく》のような感じじゃない!?

「……うん。天堂《てんどう》さんは面白い。そして愉快」

「あははっ。羽搏《はばたき》さんも、思ってたより面白いよ」

「ていうか、猛特訓なら誘ってくれればよかったのに」

それも一応、考えたことだ。でも……。

「あなたたちは放課後、バスケ部の練習があるでしょ」

「……流石に球技大会のために、あなたたちの部活動の時間を削《けず》ることは出来ない」

そう言うと、相川さんと上野さんは目を丸くして、

「天堂《てんどう》さんたちって、意外と真面目なんだね……？」

「そうそう。思ってたよりも身近な感じがするっていうか……」

二人は自分の中で言葉を探しているらしい。少しずつ、続く言葉を紡《つむ》ぎ出していく。

「……なんて言うのかな。二人とも、別に怖《こわ》いってわけじゃなかったんだけど……」

「高嶺《たかね》の花《はな》、ってやつ？　あたしらとは格が違うって感じがして、あんまり話しかけられなかったんだ。……でも、こんなにも面白いなら、もっと早くに話してみればよかったかも」

……そう思われていたんだ。別に気にはしてないけど。

「そっかそっか。猛特訓か。ウチらもバスケ部として負けてられないね」

「なんか行ける気がしてきた！　一緒に優勝目指して頑張ろう！」

何にしても、士気が上がったのは良いことだ。

「目指すんじゃないの。優勝するのよ。そこのところ間違《まちが》えないで」

「……それ以外に興味なし」

私と羽《は》搏《ばたき》さんがきっぱりと言い切ると、相川さんと上野さんの二人も頷いた。

「そうだね！　ビビってたらダメだよね！」

「優勝しよう！　あたしたちで！」

☆

もうすぐ女子の方の最初の試合が終わった頃合《ころあ》いだろうか。

お嬢《じょう》を応援したかったのだが、残念ながら「応援は不要よ。結果だけを楽しみにしていなさい」と事前に釘《くぎ》を刺《さ》されてしまっていたので断念せざるを得なかった。

お嬢のことだから最初の試合ぐらいはきっと勝っていることだろう。

放課後はあれだけ練習されていたことだし、相手チームのメンバーには申し訳ないけれど、戦力差的に負けることはあり得ない。

「おっ、影人《えいと》。中庭《こんな》ところに居たのか。探したぜ」

「雪道《ゆきみち》か……試合が近いのか？」

「そういうこと。お前は時間に正確だから心配ないだろうが、一応な。万が一にも遅刻《ちこく》したらチームの士気にも関わる」

「お嬢たちだけじゃなくて、お前も今回の球技大会にはやる気だよな」

「フッ。当たり前だろ？　男子高校生たるもの、勉学だけではなく運動にも真面目に打ち込み、清く正しい汗《あせ》を流して健全な青春を謳歌《おうか》することが──」

「で、本音は？」

「優勝賞品のワンダーフェスティバルランド特別招待券を手に入れて女子からモテたい」

「素直でよろしい」

球技大会の優勝賞品はなんと学年ごとに異なるものが与《あた》えられる。

一年は、ワンダーフェスティバルランド……今、話題になっている大人気テーマパークの特別招待券だ。ネットでは高額で取り引きされており、入手は困難とされている。

ちなみにこのワンダーフェスティバルランドは天堂《てんどう》グループ傘下の会社が主体として事業を営んでいるし、いくつかのアトラクションはお嬢のアドバイスを元に改良を加えた結果、売り上げと評判が大幅《おおはば》に向上した。

「お前はともかくとして、テーマパークのチケット一枚でよくもまあウチのクラスの男子たちも盛り上がれるよな」

「ワンダーフェスティバルランドの特別招待券って言やぁ、持ってるだけで女の子からお声がかかりまくる文字通り魔法《まほう》のチケットなんだぜ？　そりゃ、やる気も出るってもんだろ……つーか、お前な。オレの前だからいいけど、他の男子の前で絶対にそんなこと言うなよ」

「別にわざわざそんなことを言うつもりもないけど……なんでだ？」

「なんでもだ。命が惜《お》しければ口を閉じとけ」

そりゃ命は惜しい。なぜなら死ねばお嬢に仕えることが出来ないからだ。

「さっきの一年A組の女子バスケ、凄《すご》かったなぁ」

「ああ。正直ビビったぜ」

ふと、耳に入ってきたのはそんな男子生徒たちの会話だ。

「D組に圧勝だったもんな」

「これなら優勝確実って言われてるC組にも勝っちまうんじゃないか？」

流石《さすが》はお嬢だ。やはり試合の方は何の問題もなく勝利したらしい。

「おいおい、お前ら。なぁに真面目にバスケとか見ちゃってんだよ。そこじゃねーだろ？注目すんのは」

お嬢たちの試合に感心している生徒たちの会話に、大柄《おおがら》な男子生徒が加わった。彼《かれ》はどこかニタニタとした下卑《げび》た顔つきを浮かべている。

「じゃあ、お前は何を見てんだよ」

「決まってるだろ。天堂《てんどう》のあのエロい体つきとか」

「男子と女子で別々なのが残念だよなぁ。いっそ放課後とかにバスケに誘ってさ、どさくさに紛《まぎ》れてあのデケー胸に触《さわ》ったりとかしてみてー」

「うわっ。お前いまの最低だぞ」

「いい子ぶるなって。なんならお前らも来るか？　あわよくば揉《も》めるかもしれねーぞ」

「んなわけねーだろ。アホだなー、お前は」

大柄な男子生徒の薄汚《うすぎたな》い笑い声は徐々《じょじょ》に遠ざかっていく。

☆

その声が欠片《かけら》ほども聞こえなくなるまで、風見雪道《オレ》は影人《えいと》の顔をまともに見ることが出来なかった。

影人《えいと》本人は、身体を石のように固くしてその場を微動《びどう》だにしない。そうでもしなければ殺気の一つでも飛ばしてしまうからだろうし、それを本人もよく分かっているからだろう。

そもそも影人《えいと》は普段から、ご主人様である天堂星音《てんどうほしね》に仕える者として相応《ふさわ》しい人間にならなければと心がけている。自分のような捨て子が天堂星音《てんどうほしね》の汚点《おてん》となってはならない。迷惑《めいわく》をかけてはならない。だから、『立派な主に相応しい善き人間』であろうとしているのだ。

……まァ、そう心掛《こころが》けているが故に各地にフラグを建築することになっているのだから、天堂《てんどう》さん本人としても色々と複雑だろう。

兎《と》にも角《かく》にも、だからこそ今も、余計なトラブルを起こしてご主人様に迷惑をかけないようにしているのだろう…………ま、怒《いか》りのオーラ的なものはめちゃくちゃ伝わってくるけどな。

「………………雪道《ゆきみち》。今の男、確か一年E組だったよな？」

「お、おぉ……そうだな。つーか、よく知ってたな」

「お嬢の通う学園だからな。全校生徒の面《ツラ》と名前と在籍《ざいせき》クラス程度は全部頭に叩《たた》き込《こ》んでる……で、あいつらと俺《おれ》たちが当たるのは」

「……次の試合だな」

「そうか。それは丁度良かった」

影人《えいと》の顔は表面的にはニコニコとしていたものの、迸《ほとばし》る暗黒オーラ的なものが、オレの目にはハッキリと映っていた。怖すぎてコイツが敵じゃないことに感謝するほどだ。

「男子高校生たるもの、勉学だけではなく運動にも打ち込み、清く正しい汗を流して健全な青春を謳歌しなきゃな。悪い虫が、くだらないことを考えられなくなるぐらいに」

正直言って、次のE組との試合が一番の難関だとオレは思っていた。

なぜなら先ほど影人《コイツ》の逆鱗《げきりん》に触《ふ》れるを通り越《こ》して踏《ふ》み抜《ぬ》いていったあの大柄な男子生徒《ヤロウ》を含《ふく》めたサッカー部員たちは、一年でも上位の実力者が揃っていたからだ。…………が、もはや次の試合を心配する必要はなくなった。

影人のやる気はもはや、オレたちのチームの誰よりも高い。むしろ敵の方を心配した方がよさそうだ。

何しろこれはあくまで球技大会。ただのサッカーだ。

普通《ふつう》に試合をしている分には、何の問題もない。

たとえば、そう……サッカー部員としてのプライドがへし折られ、放課後に何かをする気力すらなくなるほどボコボコに負けたとしても、それはあくまでもルールの範囲内《はんいない》だ。

「これはアレだな――合掌《がっしょう》」

特に面識もないあの大柄なサッカー部員に、オレは心の中で手を合わせた。

ちなみにだが、オレたち一年A組はかつてないほどの圧勝を成《な》し遂《と》げて優勝賞品であるワンダーフェスティバルランドの特別招待券を手に入れた。

☆

――――結果として。

どうやら天上院学園球技大会一年女子の部は、お嬢有する一年A組が勝利をもぎ取ったらしい。

「……激闘《げきとう》だった」

学園の中庭でそう語る乙葉《おとは》さんは、試合のことを思い返しているのだろう。しみじみとした様子で頷いている。

「……流石は高校女子バスケ界期待の新星。チームのみんなと、星音《ほしね》の力がなければ負けていたと思う」

「確かに織田さんの実力も相当なものですが、チームの連携《れんけい》などがあったとはいえ、そんな織田さんのいるチームに勝ったのですから乙葉《おとは》さんやお嬢も流石ですよ」

個人の力というのも重要だが、バスケットボールというものはチーム競技。ましてや今回は球技大会であり、チームメイトはほぼ素人《しろうと》。人数も普段の試合と比べて変則的。色々な条件が揃っていたとはいえ、その条件を上手《うま》く突《つ》いたお嬢と乙葉《おとは》さんの手腕《しゅわん》も見事だ。

「……当たり前よ……乙葉《おとは》やみんなと組んだ私が……負けるわけないいんだから………」

乙葉《おとは》さんと一緒《いっしょ》にベンチに腰《こし》かけているお嬢は自信たっぷりな口ぶりだが、うとうととしており、今にも瞼《まぶた》が下りそうだ。

「……泥棒猫には…………渡さないんだから…………」

「……すっかりお疲《つか》れ」

お嬢は乙葉《おとは》さんの肩《かた》に寄りかかるようにしている。もう寝落《ねお》ち寸前……いや、たった今寝たなこれ。

「今日の球技大会に備えて随分《ずいぶん》と特訓をされていましたからね。緊張《きんちょう》の糸が切れたのもあって、疲れが一気に押《お》し寄せてきたのでしょう」

「……影人《えいと》。嬉しそうな顔してる。どうして？」

「お嬢や乙葉《おとは》さんが勝利されたことも喜ばしいのですが――――お二人の距離《きょり》が縮まったことが、何よりも嬉しくて」

偶然《ぐうぜん》にも今お嬢と乙葉《おとは》さんが腰かけているベンチは、転入初日の時と同じものだ。

あの時は二人はベンチの両端《りょうたん》に座《すわ》っていたけれど……今はこうして、お互《たが》いの肩が触れ合い、寄り添《そ》うようにしている。

お嬢と乙葉《おとは》さん。今の二人の距離を表しているようで、見ていて嬉しく、微笑《ほほえ》ましい。

「……そうかな？」

「そうですよ。いつの間にか、お二人ともお互いのことを下の名前で呼ぶようになっていますし」

「……それは……試合中に、流れで」

二人とも負けず嫌《ぎら》いな上にどこか素直じゃないところがあるからなぁ。

本当はもっと早く……それこそ放課後の練習の段階でお互いのことはそれなりに認めていたんだろうけど、素直になれず下の名前で呼べなかったんだろう。

だけど、試合に夢中になっている内に自然と下の名前で呼べるようになった……といったところだろうか。

「お二人はもう、すっかりお友達なんですね」

「………………そうかも」

自分の肩でスヤスヤと眠《ねむ》るお嬢を見て、乙葉《おとは》さんは柔《やわ》らかな笑《え》みを浮《う》かべる。

俺の目には嬉しそうに、喜んでいるように見えた。

「星音《ほしね》はわたしの友達……うん。友達」

乙葉《おとは》さんは自分の中でそれを確かめるように頷く。どうやら彼女《かのじょ》の中でもお嬢が『友達』であるという事実が、すとんと腑《ふ》に落ちたらしい。

「……でも、友達だけじゃない」

「と、言うと？」

「……ライバル」

ライバルか。確かに何かと張り合うような空気はひしひしと感じていたし、練習の最中も互いに切磋《せっさ》琢磨《たくま》してどんどん上達していた気がする。

「……だから。ライバルとしては、迂闊《うかつ》と言わざるを得ない」

自分の肩で眠るお嬢を一瞥したあと、乙葉《おとは》さんは改めて俺の方に向き直った。

「……影人《えいと》。わたし、ご褒美《ほうび》がほしい」

「球技大会で優勝したご褒美……ということですか？」

「……うん。わたし、がんばった」

「そうですね。とても頑張っていらっしゃいましたね」

………………ん？

「えーっと……つまり、俺が乙葉《おとは》さんにご褒美を差し上げる、ということですか？」

確認《かくにん》するような俺の問いに、乙葉《おとは》さんはこくりと頷いた。

「一年の優勝賞品は、『ワンダーフェスティバルランド特別招待券』……これで一緒にデートしよ？」

俺はサッカーで、乙葉《おとは》さんたちはバスケで優勝したので、お互いにこの『特別招待券』

は持っている。このまま使わずにいるというのも勿体《もったい》ない。それに、

「ああ、その件ですね。大丈夫です。既にお嬢から聞いておりますよ」

「…………………………どういうこと？？？」

「優勝賞品の招待券でワンダーフェスティバルランドに出かける件ですよね？　俺と乙葉《おとは》さんと、お嬢の三人で」

「三人……で…………？」

おかしいな。乙葉《おとは》さん、はじめて聞いたようなリアクションだ。

「昨日の夜、お嬢から聞きましたよ。『球技大会で優勝出来たら、景品の招待券を使って、ご褒美に三人で出かけましょう』と。……それと、『きっと羽搏《はばたき》さんの方からあらためて誘いに来ると思うけど』とも仰《おっしゃ》っていましたから。てっきり、その件なのかと……」

そうそう。昨日の時点ではまだ『羽搏《はばたき》さん』呼びだったから、さっき『乙葉《おとは》』と呼び方が変わってたから内心でちょっとばかり驚《おどろ》いてたんだよな。

「…………………まさか……わたしの行動を先読みして……⁉」

乙葉《おとは》さんは、肩でスヤスヤと眠るお嬢を見て驚愕《きょうがく》している。

「……流石はライバル…………侮《あなど》れない……！」

「？　そうですね。お嬢は凄いと思います」

何のライバルかはよく分からないけど、『流石』と言っているのでお嬢のことを褒めてはいるのだろう。

「さて。そろそろ下校いたしましょう。遅《おそ》くなってしまう前に」

ベンチで眠るお嬢を起こしてしまうのは忍《しの》びない。

宝物を扱《あつか》うように繊細《せんさい》に丁寧《ていねい》に、お嬢を両手で抱《だ》きかかえる。

なぜか乙葉《おとは》さんが羨《うらや》ましそうな目でそれを眺《なが》めているけれど、

「……仕方がない。今日のところは譲《ゆず》ってあげる」

そう言うと、乙葉《おとは》さんもベンチから腰を上げる。

「……でも。どこかで別のご褒美は欲《ほ》しいかも。もちろん、影人《えいと》から」

「あはは。俺に出来ることなら、何でもいたしますよ」

「……うん。考えとく」

☆

「お嬢。起きてください、お嬢」

屋敷《やしき》に着いた後も、お嬢は寝たままだった。ベッドの上でスヤスヤと気持ちよさそうに瞼を閉じて眠っている。

あんまり昼の内から眠っていると、夜に寝れなくなるから、出来ればそろそろ起きていてほしいんだけど……俺もそうだが、一応学園でシャワーは浴びているから、寝かせてあげたくもあるんだけどな。

「そろそろ夕食ですよ。起きてください」

「んぅ――――……やだ……」

起きてはくれたようだけど、これはまだちょっと……いや、かなり寝ぼけてるな。

朝もお嬢を起こすのは大変なんだよな。基本的にはメイドに起こしてもらってるけど、たまに俺が呼ばれることもあったりして。

「影人《えいと》も一緒に寝るの……」

「それは出来ません。ほら、起きてください」

「やだぁ………」

普段や幼少の頃からご両親に甘《あま》えられる機会が少なかったせいか、お嬢は寝起《ねお》きみたいな意識が朧《おぼろ》げな状態だと一気に幼くなるんだよなー。こうなると中々言うことを聞いてくれなくて、メイドの人も苦労していると聞く。

そのメイドの人がコツを教えてくれたことがあったんだよな。

ワガママをダメですとはねつけ続けるのは逆効果。一度ワガママを聞き入れてお嬢を緩《ゆる》ませるのがコツ。

「分かりました。少しだけ、一緒に寝てあげますからね」

苦笑《くしょう》しつつ、お嬢のベッドにお邪魔《じゃま》させてもらう。

「ん――――……？」

お嬢はベッドに入ってきた俺の顔を見るや否《いな》や、ふにゃりと表情を崩《くず》した。

「影人《えいと》だ…………んふふ♪」

おっ。機嫌《きげん》が良くなってきた。あと少しすればこっちの言うことも聞いてもらえるか？

「ぎゅ――――……♪」

お嬢は機嫌を良くしたまま、急に抱き着いてきた。

まるでお人形や抱き枕《まくら》を抱きしめるように。

「ちょっ……お嬢？」

「♪」

俺の言葉は届いていないのか、幸せそうな寝顔《ねがお》を浮かべていることだけはなんとなくわかる。わかる、というのは俺はお嬢の顔を見れていないからだ。

その成長した豊満な双丘《そうきゅう》に頭を押し付けられており、正直言って呼吸すら危《あや》うい。

「影人《えいと》……」

……まずい。お嬢の声から明らかに眠気《ねむけ》が増してきた。また眠るつもりらしい。

かといって無理やり引き剥《は》がすことも出来ないし。

「ごほーび……んぅ……」

「…………」

ご褒美、か……。

そうだよな。球技大会優勝もそうだけど、今日はお嬢の友達が出来た記念すべき日だ。

どっちにしろ、俺からお嬢に差し上げることの出来るご褒美なんて、ワガママをきいてあげることしかできないんだ。

「ぶはっ」

ひとまず柔らかく弾力《だんりょく》のある双丘からの脱出《だっしゅつ》を果たして呼吸を確保した俺は、絹のように美しく心地《ここち》良《よ》い手触《てざわ》りの髪をそっと撫《な》でる。

「……今日だけですよ」

愛らしい寝顔を一目見た後、俺はそのままお嬢の抱き枕に戻《もど》ることにした。

きっと夜中に目が覚めてしまうのだろうが、その時はその時だ。

☆

「んぅ…………？」

ぼんやりとしていた意識がゆっくりと覚醒《かくせい》していく。

暗い。温かくて、心地良くて……この感触《かんしょく》……ベッドの上だ。

「んー……」

どうやらいつの間にか眠ってしまっていたらしい、ということを自覚する。

たぶん、時間的にはまだ夜だ。だって外が明るくないし、暗いし。朝だったらメイドが起こしに来るだろうし。

起きた方がいいのだろうか。けれど今、起きてしまったら、たぶん眼が冴《さ》えて今度は寝《ね》られなくなる気がする。それに今日はどうにも『起きる』という行為《こうい》に抗《あらが》いたくなる。

不思議だ。今ほどこのベッドの上から降りたくないという気持ちを抱いたことはない。

元々、起きるのは苦手な方なのだけれど……この安心できる温《ぬく》もりを手放したくはない。

そう。手放したくは……手放す？　何を？

枕？　いいや、違《ちが》う。だって枕はこんなにも温かくはないし、サイズだって違う。

抱き枕？　いいや、それも違う。私は抱き枕なんて持ってない。

ぬいぐるみ？　いいや、それすらも違う。ぬいぐるみにしては大きすぎるし、なんだか寝息《ね いき》のようなものが聞こえてくる。

おそるおそる、目を開ける。

「…………影人《えいと》？」

いつの間にか私が抱きしめていたのは、紛《まぎ》れもない。夜霧影人《やぎりえいと》その人だった。

（えっ？　えっ？　なんで？　どうして？）

分からない。分からなさ過ぎて混乱する。

いいえ。落ち着くの。こういう時、まずは落ち着くのよ天堂星音《てんどうほしね》。

落ち着いて、冷静に、目の前で起きている事象を整理するの。

その①　私はいつの間にか寝てしまった。

その②　起きたら影人《えいと》を抱きしめて寝ていた。

ここから導き出される結論は…………………無い……！　何も出ない……！

（ああ、もうっ！　こんなの冷静になれるわけがないじゃない！）

テーマパークのアトラクションや全国展開しているコーヒーチェーン店の新メニューへの改善案とか、そういうのだったらいくらでも出せる。

全国模試で上位の成績をとるとか、スポーツで好成績を出すとか、そういうのだって出来る。

そんなことよりも今の状況《じょうきょう》を理解することの方が何よりも難しい。というか、無理だ。

………でも、影人《えいと》はどうして私に大人しく抱きしめられているのだろう。

嫌《いや》じゃないのかな。嫌だったらどうしよう……怖いけど……影人《えいと》の顔、ちゃんと見なきゃ。嫌そうにしてたら、謝《あやま》らなきゃ。

「すー……すー……」

えっ。なにこのカワイイ生き物。

……思えば影人《えいと》の寝顔って、私ですらあまり見たことが無い。そもそも私が寝るまで影《えい》人《と》だって眠らないし。

「こんな顔、してたのね……」

かわいい。影人《えいと》は綺麗《きれい》な顔をしているけれど、寝ている時はちょっと幼くなっている気がする。

「ふふっ……」

試《ため》しに頭を撫でてみる。サラサラしてて、撫で心地《ごこち》がいい。今度からちょくちょく触らせてもらおうかしら。

「…………」

いや。頭を撫でる。そんなことで満足していて、果たしていいのだろうか。

目の前の小さなこと（いや、決して小さくはないのだけれど、ここは敢《あ》えて小さなことと呼ばせてもらおう）に拘《こだわ》って、大きなものを手放そうとしていないかしら？

落ち着くの。こういう時、まずは落ち着くのよ天堂星音《てんどうほしね》。

落ち着いて、冷静に、目の前で起きている事象を整理するの。

その①　今は夜。

その②　影人《えいと》がいる。

その③　ここはベッドの上。

「………………………なるほど」

何がどうとは言わないけれど……もしかすると、たまたま偶然、やむなしに、不可抗力《ふかこうりよく》で、何かしらの間違い（※私にとっては間違いじゃないけど）が起きる可能性というものを考慮《こうりょ》するべきなのでは？

「…………っ……」

心臓の鼓動《こどう》が高鳴る。ドキドキと、音が満ちる。

そのまま私は顔を近づけようとして……ふと気づく。

（今日は球技大会でたくさん運動した後だし……）

一応、学園でシャワーは浴びてきた。それでもやっぱり、気になる。念のため。そう、念のためよ。別に日和《ひよ》ったとか、そういうのじゃ決してない。

「よし」

私は抗い難《がた》い心地良さを一気に振《ふ》り払《はら》い、まずは起床《きしょう》。

先ほどまでの不調が嘘《うそ》のように頭は回転していた。

お風呂《ふろ》に入ろう。時間を無駄《むだ》にしてはならないので、その間に軽食も用意してもらうの。

いざという時にお腹《なか》が鳴りでもしたら、ムードとか、そういうのが台無しになるかもしれない。

善は急げだ（※これは誰《だれ》が何といおうと善であるため）。きっと影人《えいと》も目が覚める。その前に……！

私は出来るだけ早く、そして人生で一番念入りに体を洗って軽食も入れて歯も磨《みが》いて、いざという時の為《ため》に買っておいたとっておきの寝巻き《ネグリジェ》に身を包み……再び決戦の地に舞《ま》い戻った。

あとは何食わぬ顔でベッドの中に戻るだけ。セリフだって用意してる。

わーびっくりーまさか影人《えいと》がいたなんてこれっぽっちも知らなかったわー。

なんて完璧《かんぺき》な演技なのかしら……もしかしたら私には俳優になる才能があるのかもしれない。

「…………よし。大丈夫。大丈夫よ、私」

ここにきてやっぱり恥《は》ずかしくはなってきたけれど、それよりも勇気の方が勝っている。

……だってもう、こんなにも好きなんだから。

あとはこのドアを開けて、ベッドに潜《もぐ》り込むだけ。何てことはない。ただ自分のベッドに入るだけのことなんだから。

「入るわよ……よし。今から入る……！　三、二、一で入るわよ……！　さーん、にーい

……」

「お嬢、就寝《しゅうしん》されるんですか？」

「そうよ。就寝というか、ベッドに戻るの。決戦なの」

「？　そうですか。今日はお疲れのようですし、ゆっくりとお休みください」

「ええ。お休み、影人《えいと》」

さあ、仕切り直すわよ。
三、二、一で今度こそ入るの……！　さーん、にーい…………
いーち……ぜ……ろ……。

…………………………………。

「…………影人《えいと》？」

「どうかされましたか、お嬢」

「……起きたの？」

「はい。というか、いつの間にか俺も眠ってしまって……面目《めんぼく》ないです」

「そう……いや、ぜんぜん眠ってても構わないのだけれど……」

よく見てみれば、影人《えいと》は既《すで》に制服からシャツに着替《きが》えているし、髪《かみ》もほんの少しだけ濡《ぬ》れているような気がしなくもない。

「……影人《えいと》も、もう寝るところ？」

「あ、はい。既にお風呂もいただいて、就寝の準備を済ませたところです」

つまり、私が起きている間に影人《えいと》は並行《へいこう》して同じことをしていたのだろう。

……なんてこと！　あの時、日和ったばっかりに……！　あ、いや。嘘。この私が日和るわけないけど！　結果的にそうなってしまったというだけで！

「では、お休みなさいませ。お嬢」

丁寧に頭を下げる影人《えいと》。

……どうやら空振《からぶ》りに終わってしまったらしい。あぁ……結局、今回も……。

「あ、うん……お休み………」

そのまま私はいつものように、自分の部屋に戻ろうとして――

「…………待って」

私は、影人《えいと》の服の裾《すそ》を掴《つか》んでいた。

「お嬢？」

「………私、今日はとても頑張《がんば》ったわ」

「ええ。そうですね。残念ながら直接お目にかかることは叶《かな》いませんでしたが、お嬢はとてもよく頑張ったと思いますよ」

「だから、ご褒美をちょうだい」

自分でもおかしなことを言っている自覚はある。でも、ここでいつもみたいに引き下がっていたら、いつまでも進めないと思ったから。

「あなたも疲れてるし、私も疲れてるし……だから、そう。一緒に眠ってちょうだい。そうすれば疲れも取れる気がするし……傍《そば》で寝てくれれば、それでいいから……だめ?」

こんなおねだり。子供みたいで恥ずかしいけれど、なりふり構ってられなかった。

「………ふふっ」

「……影人《えいと》?」

なぜか、影人《えいと》は笑っていた。

「ああ、すみません。お嬢、寝てた時も同じことを言ってましたから」

「そ、そうなの⁉」

「俺で良ければ、お嬢の安眠《あんみん》を支える抱き枕になります」

無意識のうちにご褒美を求めてたって……なにそれ。なんかちょっと、恥ずかしい。

「そ、そう……うん。なってちょうだい」

思い切って、私は両手を伸《の》ばす。抱っこをせがむ子供みたいに。

「……だっこして。ベッドまで運んで」

「お嬢のお望み通りに」

そのまま影人《えいと》はその両腕《りょううで》で私をさっと抱きかかえてくれた。

「ご褒美、ですからね」

☆

腕《うで》の中にいるお嬢は、借りてきた猫《ねこ》のように大人しかった。されるがままに抱《かか》えられ、ベッドに降ろされるまでは終始無言。それどころか身体が石のように固まってしまったのだろうかと、一瞬《いっしゅん》心配してしまった。

「お、重くなかった……？」

「まさか。羽のような軽さでしたよ」

「……またそういうこと言って」

「事実を述べたまでです」

お嬢《じょう》は照れくさいのか、ぷいっと顔を逸《そ》らしながら、背中を向ける。

だけど背中を向けたまま、ポツリと呟《つぶや》きを漏《も》らした。

「……ねぇ。一緒に寝てくれないの？」

どうやら今日のお嬢は甘えたがりになっているらしい。近頃《ちかごろ》は天真爛漫《てんしんらんまん》な面ばかり見てきたせいか、こういうお嬢を久々に見ると懐《なつ》かしさがこみあげてくる。

「大丈夫《だいじょうぶ》ですよ。俺はいなくなりませんから」

「……そういうことじゃないのだけれど」

やや不服そうにしているお嬢に苦笑しつつ、俺は恐《おそ》れ多くもベッドへと膝《ひざ》をついた。

「では、失礼します」

汚《よご》れ一つない真っ白なシーツにシワが広がり、ぎしっと微《かす》かに軋《きし》む音が薄暗《うすぐら》い室内に染《し》みこむ。そのまま、お嬢の隣《となり》で横にならせてもらった。

「………………」

ベッドの上で仰向《あおむ》けになると、俺はそのまま目を閉じた。

球技大会ぐらいで疲れ切ってしまうほどやわな鍛《きた》え方《かた》はしていないが、それでもほどほどの運動にはなったおかげだろう。この調子ならまたすぐに眠ることが出来そうだ。

「…………影人《えいと》。起きてる？」

「起きてますよ」

目を閉じているのでお嬢が何をしているのかは分からないが、もぞもぞと何か物音が聞こえてくる。直後、温かく柔らかい感触が俺の身体にくっついてきた。

「お嬢？」

「…………抱き枕の代わり。そういうご褒美のはずでしょ」

思わず目を開くと、その温もりと感触の正体が露《あら》わになる。

薄桃色《うすももいろ》の上品かつ可愛《かわい》らしいデザインの寝巻き《ネグリジェ》に身を包んだお嬢が、俺の身体に抱き着いていた。

「そうでしたね」

「ん……だから、今日はこのまま寝させて」

「はい。どうぞこのままお眠《ねむ》りください」

お嬢は俺の胸に顔を埋《う》めると、そのまま目を閉じる。

あまりにも距離が近いせいだろうか。お風呂から上がったお嬢からは、華《はな》のような甘い香りが漂《ただよ》ってきた。安心して身を委ねているお嬢を見ていると、胸の奥《おく》から愛《いと》しさばかりがこみあげてくる。

幼い頃《ころ》のお嬢は、大好きなご両親が仕事ばかりで寂《さび》しさを感じていることが多かった。だけどご両親に悟《さと》らせないように、悲しさも寂しさも抱え込んで、独りで泣いていることも多かった（もちろん、その度《たび》に俺がお傍に駆《か》け付けるようにしてきたわけだけど）。

その反動か、周りの人間に素直《すなお》になったり甘えたりすることがちょっとばかり不得手になってしまったような気がする。

事務的な会話や話しかけられれば無難に受け答えはこなせるものの、友人と呼べる人間は少ない。素を出せる人間は俺や屋敷の人間を除けば雪道《ゆきみち》を含むごく少数の知り合いぐらいだろうか。

……そんなお嬢が、学園でご友人を作られた。

お嬢にとっては大きな一歩だと思うし、今日はそれを祝福してあげたい。

許可が下りるなら、この溢《あふ》れてくる嬉《うれ》しさと愛おしさに任せて抱きしめたいぐらいだ。

「私のこと……抱きしめてもいいわよ」

「────えっ？」

俺の思考を読んだような一言に、思わずリアクションを返し損《そこ》ねてしまった。

「ほ、ほら。今日は球技大会だったし、あなたも疲《ひ》労《ろう》れているでしょう？」

ああ、そういうことか。お嬢は俺の疲労を心配してくださってるんだな。

びっくりした……。確かにお嬢は勘《かん》が良い。そこは、未来を視《み》ることが出来ると囁《ささや》かれるほどの勘の良さを持つ奥様譲《おくさまゆず》りだけど……流石《さすが》に無理だよな。思考を読むまでは。

「ご心配なく。確かに今日は少しばかり暴れてしまいましたが、球技大会で疲れ果てるほどやわな鍛え方はしておりませんから」

「疲れているでしょう？」

「お嬢。俺のことなど、どうぞお気遣《きづか》いなく……」

「影人《えいと》。あなたは今日、とても疲れているの」

………なんだろう。とてつもない圧を感じる。

「えーっと……はい。疲れてます」

「そう。だったら、私を抱きしめて疲れを取りなさい」

「えっ」

「……何よ。私じゃ抱き枕として物足りないっていうの？」

「そんなことは。むしろこれ以上ない贅沢《ぜいたく》だと……あ、いえ。そうじゃなくて」

危ない。お嬢の言葉に引っ張られそうになった。

「あの……お嬢はそれでよいのですか？　今日、疲れているのはむしろお嬢の方では」

「いいの。その方が疲れが取れるの」

「分かりました。では、そのように」

今日のお嬢はとても頑張った。だったらご褒美として、これぐらいのワガママは聞いてあげないとな。

「失礼しますね」

俺《おれ》は出来るだけ優《やさ》しく、ガラス細工を扱うようにお嬢の身体を両の手で包み込《こ》む。

お嬢の身体は華奢《きゃしゃ》で、繊細で、柔らかくて、温かくて……大切にしたくなる。

「……っ………」

「すみません。不快なようでしたら、すぐにでも……」

「ち、違うのっ」

抱きしめた途端《とたん》にお嬢の身体がびくんっと跳《は》ねた。

「あの……布団《ふとん》の中でこうして、抱きしめあって……それで、ドキドキしちゃっただけだから。影人《えいと》が嫌なんてこと、絶対に無いから」

「……そうですか。よかったです」

本当によかったと、心の底から安堵《あんど》する。

世界中の人間に嫌《きら》われてしまうよりも、お嬢に嫌われてしまうことの方が何よりも恐ろしいから。

「…………」

気づけば俺は、お嬢の髪をそっと撫でていた。

「ひゃんっ」

「あ、すみません。つい……無意識で」

「い、いいの。影人《えいと》にならいくらでも」

しまった。無意識とはいえ、俺は何をしているのか。

こうして同じベッドに入って抱きしめているだけでもとんでもないことだというのに、何を調子に乗っているのか。

「……続きは？」

「つ、続きですか？」

「もう撫でてくれないの？」

腕の中で上目《うわめ》遣《づか》いになるお嬢。その姿に、悪戯心《いたずらごころ》が甘く疼《うず》いた。

「……ご所望《しょもう》ですか？」

「……うん」

「だったら、ちゃんとおねだりしてみてください」

「えっ……」

自分でも何を言っているのかは分からない。けれどいつも天真爛漫で自信家なお嬢がこうして腕の中で甘えてくる姿に、奥底《おくそこ》にある自分の知らない自分が顔を出しているような感覚。

「おねだりしないなら、撫でてあげません」

「うぅ………」

自然と体が動いて、お嬢の頬《ほお》に手を添える。

……ああ。ダメだ。瞳《ひとみ》を潤《うる》ませるお嬢の表情を見ていたら、ますます歯止めがかからなくなってきた。これはいけない。いけないのに、止められない。俺ってこんなにも意志が弱かったのか。

「…………て」

「小鳥の囀《さえず》りのような愛らしいお声ですが、それでは聞こえませんよ」

「……今日の影人《えいと》、ちょっといじわるだわ」

「そうですね。どうやら今の俺はいじわるのようです」

いつもなら抗議《こうぎ》の眼差《まなざ》しを向けてくるのだろうけれど、今夜のお嬢はいつものような勢いがない。そんなお姿が、ますます歯止めをきかなくさせる。

「お嬢は、何をして欲しいんですか？」

「…………てほしい」

声は小さい。けれどお嬢は頬を撫でられると顔を真っ赤にしながら、再び口を開いた。

「…………影人《えいと》に、頭をなでなでしてほしい」

「よくできました」

「んぅ…………」

思わず零《こぼ》れた笑みは、どういった類のものなのか。俺は深く考えることは避《さ》けながら、お嬢の髪を優しく撫でた。腕の中のお嬢は照れくさそうにしながらもされるがままだ。

「……おやすみなさいませ、お嬢。善い夢を」

これ以上続けていると確実に何かが壊《こわ》れてしまう。俺は最後の意志を振り絞《しぼ》って、そのまま眠りにつくことにした。

☆

窓から差し込んでくる朝日に照らされながら、私は敗北感を味わっていた。

「…………………………………」

昨夜の私はがんばった。かなりがんばった。

何なら、ここで一気に勝負を決めるつもりだったし、それだけ勇気も振り絞った。

だけど蓋《ふた》を開けてみれば……。

「また返り討《う》ちにされちゃうなんて……」

返り討ち。完敗。そう表現するしかないし、そうとしか表現できない。

起きたらベッドの中に影人《えいと》はいない。隣はもぬけの殻《から》。

ちなみにちゃんと勝負服《ネグリジエ》は着ていた。何なら寝ている間に少し乱れてしまって、片側の肩《かた》ひもがズレてしまっていたのだけれど……ノータッチのようだ。

「私って、そんなに魅力《みりょく》ないのかしら……」

一応、自分の発育の良さは自覚している。しているからこそ利用もした。使えるものはなんでも使ってやるという気概《きがい》だった。けれど、私のこういう乱れた姿を見ても、影人《えいと》は何にもしなかったらしい。

紳士的《しんしてき》だとは思うけれど、勝つつもりで挑《いど》んだ身としてはちょっと悲しい。

……まあ。昨夜の影人《えいと》は、ちょっと紳士的だとは言い難かったけれど、でもそれが良いというか。

「うう……あんなの反則よ」

おねだりしてしまった自分を思い出すだけでも恥ずかしいし、意地悪な影人《えいと》にドキドキしている自分もいる。……………むしろ、好きかもしれない。ああいう影人《えいと》のことも。

「……頼《たの》めばまた、いじわるしてくれるかしら」

そんなことを考えてしまうはしたない自分に、ますます恥ずかしくなった。

☆

窓から差し込んでくる朝日に照らされながら、俺は自己嫌悪《じこけんお》を味わっていた。

「………………………………」

よりにもよって仕えている主に……お嬢にあんなことを。

「ん………」

当のお嬢本人は、今は隣ですやすやと気持ちよさそうに眠《ねむ》っている。

寝ている間に衣服が乱れたのだろう。片側の肩ひもがズレ落ちて、白くつやのある肩があられもなく露出《ろしゅつ》していた。

「………まったく。無防備すぎますよ」

頭を優しく撫でると、寝ているというのにお嬢は愛らしい鳴き声を漏らす。

……うん。今後はもう、抱き枕になるように命じられても何かしら理由をつけて断った方がいいな。昨夜のようなことになるのは俺としても避けたいし。

絹糸のように滑《なめ》らかな手触りの髪を指に絡《から》めて掬《すく》い取る。

朝日に照らされてキラキラと輝《かがや》くその金色の愛らしい髪に、俺は静かに口づけをして。

「思わずちょっかいをかけたくなるので、もうあんなご褒美《ほうび》はやめてくださいね」

髪への口づけを最後に、顔を出した悪戯心をまた心の奥底へと押《お》し込んだ。

……だけど。一度自覚してしまったこの悪戯心。これからも自制して抑《おさ》え込むのは、ちょっと大変そうだ。

第五章　決戦

先日の球技大会で男子・女子共に優勝した私たち天上院学園一年A組は、景品として日本有数のテーマパーク、『ワンダーフェスティバルランド』のチケットを手に入れた。

それを使って影人《えいと》と私と、泥棒猫《どろぼうねこ》こと羽搏乙葉《はばたきおとは》の三人で出かけることになった。

……本音を言えば影人《えいと》と二人きりがいい。それが一番《ベスト》なのは間違《まちが》いない。

乙葉《おとは》の行動を先んじて読んでいたが故の対策として、三人でのお出かけと相成ったわけなのだけれども……今回はいわば、テーマパークデート。

他のことならまだ妥協《だきょう》はできる。けれどテーマパークデートという舞台《ぶたい》ともなれば、妥協はしたくない。一番《ベスト》をとりたい。

「この前だって、影人《えいと》に負けちゃったし……」

意を決してご褒美をおねだりしてみたのだけれども、結局は影人《えいと》に返り討ちをくらってしまった形だ。これからもどんどん泥棒猫が出てくることを考えると、やっぱりここで攻《せ》めておきたい。

「…………」

頭の中で考えをまとめ、意を決し、スマホを手に取った瞬間《しゅんかん》――――通話の着信。名前は『羽搏乙葉《はばたきおとは》』。こちらからかけようとしていたのだけれども、まさか向こうからくるなんてね。

「なにかしら。明日に備えて、はやく寝た方がいいんじゃない？」

『話し合い。あなたも、同じことを考えていたと思って』

「……そうね。ちょうどそっちに連絡《れんらく》を入れようとしていたところよ」

どうやら向こうも大人しく私の提案に従うつもりはなかったらしい。

『明日のデート。お互《たが》いに影人《えいと》と二人きりになれる時間を作りたい』

「……いいでしょう。ただ、ルールは決めさせてもらうわよ」

『それはこっちのセリフ。まずは――――』

その後、私たちは互いに意見を交《か》わし合ってルールをまとめた。

私は勿論《もちろん》だけど、乙葉《おとは》も事前に小賢《こざか》しい考えをまとめていたのだろう。五分とかからずルールはまとまった。

「……ルールの文面を送ったわ。確認《かくにん》してちょうだい」

『……確認した。問題なし』

「あとはどっちが先手をとるかだけど」

『「…………………」』

一瞬の沈黙《ちんもく》。私の頭の中では互いに刀を構えた侍《さむらい》同士が敵の出方を窺《うかが》っているようなイメージが浮《う》かんでいた。

「………せーので言いましょう」

『分かった』

『「せーの」』

『先攻《せんこう》』「後攻《こうこう》」

またもや一瞬の沈黙。だけどこれは先ほどのようにこちら側の様子を窺っているわけではないのだろう。どちらかというと、私の出方の意図を図りかねているのかもしれない。

「あら。私が後手に回ることがそんなにも意外？」

『そんなことはない。星音《ほしね》は攻めてるようで結果的に後手に回るから』

「……………………」

つい先日、攻めていたつもりが影人《えいと》の『いじわる』に後手に回されてしまったばかりだから。

「………まぁ。確かに？　これまでの私は、ちょ――――っとばかり、空回っていたかもしれないわ」

『ちょっと…………？』

「こらそこ。疑問符《ぎもんふ》を浮かべない」

きっとあの綺麗な顔で可愛らしく首を傾《かし》げているのだろう。

さぞかし美しくて可愛らしい表情をしていることは容易に想像できた。

「生憎《あいにく》だけど、私は常に先を往《い》ってるの。最先端なの」

『そういうことにしておいてあげる』

強がりも入ってるけど強がりだけでもない。

実際、私はこれまで色々な方法で影人《えいと》にアプローチしてきた。だけど、どれも失敗……

いえ。返り討ちに遭《あ》ってきた。だからこそ、やり方を変える。方法を変える。

先手で失敗してきたなら、あえて後手に回るまで。

私は後の先をとるまでよ。

「勝負よ。正々堂々とね」

『……望むところ』

☆

「えっ？　俺一人で行くんですか……？」

「そうよ」

お嬢と乙葉《おとは》さんと、三人でワンダーフェスティバルランドへと出かける日。

朝食の席で突如《とつじょ》としてお嬢から言い渡《わた》された一言に、思わず目を丸くしてしまった。

「今日のお出かけ、お嬢も楽しみにされてたじゃないですか」

「勘違《かんちが》いしないで。私は午後から合流するの…………後攻だしね」

「？　よく分かりませんが、午後からということでしたら、乙葉《おとは》さんに連絡を入れて
……」

「大丈夫よ。乙葉《おとは》の方にはもう了承《りょうしょう》をとってあるから」

「いつの間に」

「昨日の夜、ちょっとね」

それこそまさに『いつの間に』だ。

「……何よ。嬉しそうな顔してるけど」

「いえ。乙葉《おとは》さんと仲良くされているようで何よりだと」

「…………」

これ以上ないぐらい微妙《びみょう》な顔をされた。

「とにかく、あなたは先に集合場所に行きなさい。私は午後に合流するから」

――――と、いうことで。

俺は先に屋敷《やしき》を出て、集合場所である駅前へと向かった。

休日ということもあって駅前は人が多い。普段《ふだん》は制服姿の学生も多いこの場所だが、今日ばかりは私服の人々が大半だ。

「……影人《えいと》」

透明《とうめい》感のある鈴《すず》の音のような声に、思わず振り返る。

「乙葉《おとは》さん。おはようございます」

「おはよう。……それと、おまたせ」

「いえ。俺も今、来たところですから」

「……集合時間まで一時間あるけど。どうして影人《えいと》はこんな時間に？」

「あはは。今日のことは楽しみにしてたので、つい気が逸《はや》っちゃいました」

「……楽しみに、してくれてたんだ」

「当然ですよ。乙葉《おとは》さんのような女性と休日を過ごせるんですから。俺でなくとも楽しみにしていたと思いますよ」

それこそ、お嬢だって楽しみだったはずだろうし。

「……うん。わたしも、影人《えいと》と一緒《いっしょ》にお出かけするの楽しみにしてた」

「そう言っていただけて嬉しいです」

今日の乙葉《おとは》さんは頭には帽子《ぼうし》をかぶり、髪をまとめて更《さら》には度の入っていない伊達《だて》眼鏡をかけていた。活動を休止している最中とはいえ彼女《かのじょ》も有名人。恐らく変装のためなのだろう。

「乙葉《おとは》さんの私服は前の休日以来でしたが、今日の服装も素敵《すてき》ですね。変装の一環《いっかん》なのでしょうが、クールな乙葉《おとは》さんの持ち味を活《い》かして、きちんと着こなしている辺りが流石だと思います」

「……ありがと。嬉しい」

本当に嬉しそうに、柔《やわ》らかい笑《え》みを零す乙葉《おとは》さん。

今日のことを本当に楽しみにしていたんだろうな。それだけにお嬢に急な予定が入ったことが残念でならない。何の急用なのかを問うてみてもはっきりとした答えは返ってこなかったし。代わりに出来るなら、俺が代わりに片付けたんだけどな。

「申し訳ありません。既に連絡が入っているとは思いますが、お嬢は今日、急用が入ってしまいまして……」

「……大丈夫。わたしが先攻だから」

「？　はあ……」

先攻とか後攻とか、今日のお嬢と乙葉《おとは》さんはどことなく通じ合っている気がするな。言葉の意味はまったく分からないけど。

「あ、そうだ。乙葉《おとは》さん、ここで少々お待ちいただいてもよろしいですか？」

「どうしたの？」

「急用がありまして。すぐに戻《もど》ってきますから」

「……わかった」

さて、と。まずは天堂《てんどう》家に仕える同僚《どうりょう》たちに連絡をとっておくか……今日は途中《とちゅう》からお嬢も合流することだし、さっさと終わらせよう。

☆

今日はついてると、男は物陰《ものかげ》からほくそ笑んだ。

たまたま通りがかったところに、活動休止中の歌姫《うたひめ》『羽《は》搏《ばたき》乙葉《おとは》』らしき少女を見かけた。

いや、『らしき』じゃない。ジャーナリストとしての勘が告げていた。あの少女は間違いなく、羽搏乙葉《はばたきおとは》だ。

活動を休止した当初は世間は大いに騒《さわ》ぐこととなった。そして彼女が、ある学園に転入したというニュースも瞬《また》く間《ま》に広がった。ほんのひと時は学園にマスコミが押しかけたものの、同時期にどこぞの政治家の汚職《おしょく》が発覚したことで世間の興味はそちらに流れた。

元より活動休止した歌姫への興味が持続するような世間でもない。

しかし、政治家の汚職発覚は、羽搏乙葉《はばたきおとは》を護《まも》るために天堂《てんどう》グループから齎《もたら》されたものなのではないかという噂《うわさ》がある。これが真実かは定かではないが、天堂《てんどう》の家には業界全体が恐れるほどの影響力《えいきょうりょく》があることは確かだ。

同時に、彼女が通う天上院学園。あそこにも以前から色々な噂が飛び交っている。

曰《いわ》く。生徒たちの中には特別な力を持ったものが紛《まぎ》れている。

曰く。政界にも影響《えいきょう》出来るほどの絶大な権力を有している。

実際、同僚からも「あそこらへんに下手に関わるな」と釘《くぎ》を刺《さ》されている。学園へ取材に押しかけたマスメディアにしたって、一部では無知な者たちの暴走と言われているほど。

(バカバカしい)

心の中で吐《は》き捨てる。

実にバカバカしい話だ。たかが一つの企業《きぎょう》、一つの学園。そんなものにどれほどの力があるというのだ。

男はこれまで己《おのれ》の記事でいくつもの企業と有名人を潰《つぶ》してきた。

理由はない。ただ人間が転がり落ちる様を見るのが好きなだけだ。地位や富や権力を手にし、才能溢れる人間が地を這《は》いつくばるのを見たいだけだ。

そのために手段は選ばなかった。捏造《ねつぞう》記事なんて当たり前だ。

「羽搏乙葉《はばたきおとは》の活動休止……その理由は男が出来たから、とか？」

視線の先にいるのは変装した羽搏乙葉《はばたきおとは》と、端正《たんせい》な顔立ちの少年だ。

体のバランスも振《ふ》る舞《ま》いも非の打ち所がない。男からすれば大嫌《だいきら》いな部類の人間だ。

「いや。それだけだと弱いな。……歌姫様《うたひめさま》がどこぞの男に入れ込んで貢《みつ》いだとか……いや。写真《そざい》さえあれば、あとはどうとでも……」

二人の様子をカメラに収めようとして――――少年の姿が居ないことに気づいた。

「あん？　一体どこに……」

――――ぐしゃり。

と。何かが砕《くだ》けたような音がした。

「なっ……!?　か、カメラが……！」

愛用していたカメラが粉々に砕けていた。まるで凄《すさ》まじい握力《あくりょく》によって一瞬で握《にぎ》り潰されてしまったかのように。

「く、くそっ……なんだ？　何が起きた？」

気づく。データを保存していた記録媒体《ばいたい》も懐《ふところ》から消えている。次いで、パキ、ペキ、と硬《かた》い何かが砕かれるような音。奇妙《きみょう》で歪《いびつ》で、恐怖心《きょうふしん》を煽《あお》るような音。そして気づけば足元に、バラバラに砕け散った記録媒体の残骸《ざんがい》が落ちていて……。

「ひっ……！」

男は逃《に》げ出した。とにかく逃げた。何から逃げているのかは分からない。

それでも肌《はだ》で感じ取るこの殺気のようなものから、ただひたすらに逃げた。

逃げて。逃げて。逃げて――

「がっ……!?」

突然《とつぜん》の衝撃《しょうげき》。身体が路地の隙間《すきま》に引きずり込まれた。何者かの手で押さえつけられているのは分かるが、壁《かべ》に押し付けられて相手の顔が見えない。万力のような力だ。顔を動かそうにも、ピクリとも動かない。それどころか脂汗《あぶらあせ》が滲《にじ》みだしてきた。

「――[redacted]」

その何者かが囁いた名前は、男の本名だった。変声機を使っているのだろう。性別が判断できない奇妙な声だった。

更にその何者かは、男の住所や両親の名前、実家の場所、普段通っている行きつけの店、果ては昨日コンビニで買ったペットボトルの銘柄《めいがら》まで。事細かに情報を囁いていく。敵が男の個人情報を握っているという事実に、胃の底から冷たい何かが徐々《じょじょ》にせり上がってきた。

「羽搏乙葉《はばたきおとは》に近づくな」

「…………っ……⁉」

そして、男の意識は徐々に闇《やみ》に落ちていく。

「……俺です。……はい。いつものように処理をお願いします。……いえ。お嬢を狙《ねら》ってるわけじゃなさそうです。……はい。お願いします」

男の中にふと浮かんだのは、かつて友人に釘を刺された時のことだ。

――天堂《てんどう》の家には近づくな。あの家には、番犬がいる。

なぜ今になって天堂《てんどう》家のことを思い出したのか。それすらも解《わか》らず、男の意識は完全に闇に落ちた。

☆

「お待たせしました」

ちょっとした用事を済ませたあと、俺はすぐ乙葉《おとは》さんのもとまで戻ってきた。

「……お仕事だった？」

「違《ちが》いますよ」

申し訳なさそうにする乙葉《おとは》さん。今でこそ活動を休止しているが、彼女は歌姫だ。こうして誰《だれ》かと遊びに行く機会も少なかったのかもしれない。

お嬢が楽しみにされていた今日という日に備え、過去の乙葉《おとは》さんのスケジュールを軽く調べてみたことがあったが、とてもゆっくりと休日を過ごせるようなものではなかった。

だからこそ今日は楽しんでほしいし、こんなことで気を遣《つか》ってほしくない。

無粋な邪魔者が入ってくるのなら、そいつらは処理するまでのこと。

何より、ご友人に無粋な邪魔《じゃま》が入ればお嬢もきっと悲しむだろうから。

「乙葉《おとは》さんが今日という日を楽しめるように、少しばかり準備をしてきたんです」

「準備……？」

可愛らしく首を傾げる乙葉《おとは》さんに俺は右手を差し出した。

手のひらを広げ、空っぽであることを視認《しにん》させた後……ぱっ、と一輪の小さな花を出してみせる。

「どうぞ」

「……すごい。ありがとう」

乙葉《おとは》さんはキラキラとした目で花を受け取ってくれた。

「これ、わたしが好きな花……知ってたの？」

「以前、雑誌のインタビューで答えてらっしゃいましたよね。ちょうどそこの店で見かけましたので」

「……準備って、この手品のことだったんだ」

「はい。今日は乙葉《おとは》さんに楽しんでもらうつもりですから」

よかった。お嬢のために色々と習得していた技術の一つが役に立って。

よかった。乙葉《おとは》さんに楽しんでもらうために色々と調べたことが役に立って。

よかった。たまたま偶然《ぐうぜん》、近くの店で乙葉《おとは》さんの好きな花が売っていて。

「では、行きましょうか」

「…………うん」

集合を果たした俺たちは電車を乗り継《つ》ぎ、ワンダーフェスティバルランドまで向かう。

ここからだと電車一本で約三十分。長すぎるということもないが、短すぎるというわけでもない。休日の朝なので満員というほどでもないが、それでも人の数はほどほどにいる。

傍《そば》に居る少女が『羽搏乙葉《はばたきおとは》』だと気づく者は先ほどのジャーナリストを除き誰もいないあたり、変装の効果はばっちりのようだ。

「こちらの車両は人が多くて座《すわ》れませんね……乙葉《おとは》さん。空いている車両まで移動しますか？」

「……ううん。大丈夫《だいじょうぶ》。その代わり、影人《えいと》に掴《つか》まっててもいい？」

「構いませんよ。……あ、乙葉《おとは》さん。そこに空いている吊革《つりかわ》がありますよ」

「……要《い》らない。影人《えいと》に掴まってるから」

「吊革の方が安定すると思いますが……」

「……影人《えいと》の方がいい」

「そうですか？」

俺が首を傾げているのをよそに、乙葉《おとは》さんは俺の身体に寄りかかるようにしてくる。

吊革が苦手なのかな。じゃあ、俺がしっかりと支えてあげないと。今日は乙葉《おとは》さんが楽しめるようにがんばろう。

☆

絵本の中の世界がそのまま飛び出してきたかのようなアトラクションの数々。

園内からは世界観を彩《いろど》るBGMが響《ひび》き渡り、ジェットコースターからは、世界有数という評判に違わぬ絶叫《ぜっきょう》が聞こえてくる。キャラクターたちの着ぐるみは高い精度のパフォーマンスを披露《ひろう》し、訪《おとず》れた人々を楽しませていた。

「……すごい。本物みたい」

「乙葉《おとは》さんは、ここのテーマパークは初めてですか？」

「……はじめて。だから、とても楽しみ」

周囲のアトラクションやパンフレットに目を輝かせている乙葉《おとは》さん。

お嬢《じょう》がここに居ないのが残念だ。ご友人であるお嬢と一緒だったら、もっと楽しかっただろうに。……いや。いつまでもそれを言っても仕方がない。お嬢には急用が入ったのだし、むしろその分、俺がおもてなしをしてあげないと。

「どこか行きたいところはありますか？」

「……影人《えいと》はいいの？」

「俺のことはお気になさらず。今日は乙葉《おとは》さんに楽しんでいただけるように、全力を尽くしますから！」

「…………」

その時だった。

「────っ……？」

乙葉《おとは》さんの白く綺麗《きれい》な人差し指が、俺の唇《くちびる》に留《と》まる。

「……わたしだけ楽しんでも意味がない」

指が唇に触《ふ》れているから、喋《しゃべ》ろうにも口を動かせない。

下手に言葉を発そうとすれば、誤って乙葉《おとは》さんの美しい指が入ってきてしまうかもしれない。それすらもお見通しというように。否。そうなっても構わないとばかりに、乙葉《おとは》さんはその指を動かそうとしない。

「……今日は、わたしと影人《えいと》のデートなんだから。一緒に楽しまなきゃだめだよ」

確かに……俺がとったもてなす側の態度《たいど》では乙葉《おとは》さんも気軽に楽しめない。お優しい乙《おと》葉《は》さんなら、逆に気を遣ってしまうのだろう。

これは俺のミスだな。指摘《してき》させてしまったことが情けない。……いや。反省はあとだ。早くきりかえないと、それこそ乙葉《おとは》さんに気を遣わせてしまう。

「……ね？」

乙葉《おとは》さんの指が離《はな》れ、俺の口が解放された。

「……そうですね。すみません。つい、仕事モードになってしまうところでした」

「……影人《えいと》らしいけど、今日は……ううん。わたしと一緒に居る時は、お仕事のことは忘れて。わたしも忘れることにしてるから」

そのまま乙葉《おとは》さんは一歩踏《ふ》み出して、つま先を伸《の》ばして背伸《せの》びして。俺の耳元で甘《あま》く囁《ささや》いた。

「……今日のわたしは『歌姫』じゃない。あなたの前では、ただの『羽搏乙葉《はばたきおとは》』だよ」

世間を虜《とりこ》にしている歌姫の『声』が、耳元で甘く囁かれている。俺という一人の人間だけに向けられている。

「影人《えいと》も、今だけは星音《ほしね》に仕えていることを忘れて……わたしの前では、ただの夜霧影人《やぎりえいと》でいてほしい」

……これが『歌姫』の破壊力《はかいりょく》というものだろうか。彼女の声に背筋に甘美《かんび》な痺《しび》れが奔《はし》った。

今まで乙葉《おとは》さんには何となく妖精《ようせい》のようなイメージを抱《だ》いていたけれど。

耳元から離れ、どこか妖《あや》しげな笑みを浮かべる今この瞬間だけは……小悪魔《こあくま》を彷彿《ほうふつ》とさせるな。ファンの人たちが知ったら少々驚《おどろ》きそうなものだけど、これはこれでまた彼女の魅力の一つといえよう。

「分かりました。乙葉《おとは》さんがそう望むのであれば、今だけはただの夜霧影人《やぎりえいと》として、あなたをエスコートいたします」

「……うん。お願い」

差し出した手を、乙葉《おとは》さんは柔らかく微笑《ほほえ》みながらとってくれた。

(…………ただの夜霧影人《やぎりえいと》として、か)

それはつまりお嬢に仕えていない自分、ということだろうか。

正直あまり想像できない。家族から捨てられて、お嬢に拾っていただいたあの日から、お嬢は俺《おれ》にとっての全てだから。

今も、これからも、ずっとお嬢にお仕えして、お嬢のお役に立てるように努力する。そんな人生を送るのだと決めていたから。

……だから。俺から『それ』を取ってしまえば、『ただの夜霧影人《やぎりえいと》』になってしまえば、一体何が残るというのだろう。

(気合入れないとな)

乙葉《おとは》さんが望んでいるのは、その『ただの夜霧影人《やぎりえいと》』だ。

今日という日を楽しんでもらうために、精いっぱいがんばろう。

☆

「すごかった。ぎゅーんで、どーんで、ばーん、だった……！」

世界的にも有名な絶叫ジェットコースターを終えて、乙葉《おとは》さんはとても興奮していた。

擬音《ぎおん》ばかりなのは……これはあれだな。やっぱり乙葉《おとは》さんは天才肌《てんさいはだ》の感覚派なのだろう。

バスケの特訓の時も「……パスが速すぎる。もっと『ぐっ』てして『しゅっ』てしてくれないと」とか言ってたっけ。お嬢もお嬢で感覚派だから「何言ってるの。私が『すぱっ』てやってあなたが『ずばっ』ていけばいいでしょ」とか言ってたな。

それはさておき、実は今日に備えて何も考えていなかったわけじゃない。お嬢と乙葉《おとは》さんが十全に楽しめるように、あらかじめこのワンダーフェスティバルランドについての下調べは済ませていたのだ。

ついでに、念のためプランを組んでおいて助かった。

いくつかのアトラクションをまわってみたが、乙葉《おとは》さんに満足していただけたようだ。

「もうすぐお昼ですね。あと一つだけまわって、その後はお昼にしましょうか。お嬢も合流されることですし」

うん。計画《プラン》通りだ。ちなみに次のアトラクションや昼についても目星をつけてある。

「………もうすぐ、お昼……」

「どうかされましたか？」

アトラクションに興奮していた乙葉《おとは》さんがピタリと止まる。

「…………影人《えいと》。次は、これに行ってみたい」

パンフレットに描《えが》かれていたテーマパーク内の地図。そのある一点を、乙葉《おとは》さんは指してみせた。それは去年出来たばかりの最新アトラクションのホラーハウス……ようは『お化け屋敷』だ。

「ああ、これですか。乙葉《おとは》さんはこういうのに興味がおありなんですか？」

「……うん。興味がある。とても」

「確かに、このアトラクションはとても人気ですよね」

「……知ってる。特に、恋人《カップル》にとても人気らしい」

どうやらこのアトラクションについては事前に下調べしていたらしい。乙葉《おとは》さん、よっぽど今日のことが楽しみだったんだろうな。

「分かりました。では、すぐに行きましょう」

幸いにして、目当てのホラーハウスは俺たちが今いるエリアから近い。

更に幸運なことに、人の波が途切《とぎ》れた一瞬《いっしゅん》に何とか滑《すべ》り込《こ》めたので、待ち時間も少なく入ることが出来た。

　このアトラクションは、ある洋館に迷《まよ》い込んでしまった二人組が、出口を目指して内部を進んでいくという至ってシンプルなものだ。

　しかし、内部に登場するクリーチャーがとても精巧《せいこう》に作られており、最新技術を駆使《くし》した五感に訴《うった》えかける演出は好評を博している。

　耐性《たいせい》の無い人には薦《すす》められません、という注意書きすらあるぐらいだ。

　だけど乙葉《おとは》さんは事前に調べた上で行きたいと言った以上、ホラーには自信があるのだろう。

「乙葉《おとは》さん、こういうホラーは好きなんですか？」

「……そんなことない。むしろ苦手」

　……………………えっ？

「そ、そうなんですか？　自分から行きたいと仰《おつしや》っていたので、てっきり得意なのかと……」

「……とても苦手。だから、影人《えいと》がわたしを守ってね？」

　言いながら、乙葉《おとは》さんは俺の腕《うで》に体を預けるように、自分の腕を絡めてきた。

　傍から見れば、本物の恋人同士のような誤解を与《あた》えてしまうような。

「えーっと……それは構わないのですが、苦手なようでしたら、今からでも外に……」

「……出る必要はない。大丈夫」

「そ、そうですか」

とはいえこの体勢はどうにかならないものか。お嬢のご友人にそういうことを考えてはいけないと重々承知しているのだが、いかんせん乙葉《おとは》さんも中々に発育がよろしいので、こうも腕に密着されると……。

「……影人《えいと》。どう？」

「『どう』とは、何がでしょう？」

「……わたしの胸、星音《ほしね》にも負けてないでしょ？」

「………………」

なんて返しづらいコメントを……！　確かに、腕越《うでご》しに伝わってくる感触的《かんしょくてき》にボリュームはお嬢と互角《ごかく》……いやいやいやいやいやいや。何を考えてるんだ俺は。

「……しかも、今日は下着にもこだわった」

「そ、それはよろしゅうございますね……」

なぜ自慢《じまん》げなのだろう。

「とにかく、このまま先に進んでいいんですね？」

「……うん。おっけー」

しかし、なぜわざわざ苦手なホラーアトラクションに……？

……待てよ。このアトラクションは、恋人《カップル》に絶大な人気がある。

そして乙葉《おとは》さんは俺と一緒にここに入った。自分から望んで……そうか。分かったぞ。

これらの情報を繋《つな》げれば、見えてくる答えは一つしかない。

(──乙葉《おとは》さんは、自分の苦手を克服《こくふく》しようとしてるんだ……！)

だとすれば説明がつく。

このアトラクションは二人一組。

かといって、友人であるお嬢の前でみっともない姿を見せたくはない。

見知らぬ誰かと入るのは心許《こころもと》ないのだろう。しかも、乙葉《おとは》さんは有名人。

一人でこんなところに並んでいたら目立ってしまう。

そこで俺だ。男子である俺と一緒に並べば、周囲の恋人《カップル》たちに紛れて目立たなくなる。

思う存分、苦手克服に集中できるというわけだ。

(今日は休日だというのに、それを自分の苦手克服のために使うなんて……乙葉《おとは》さんはなんて努力家なんだろう)

きっと『歌姫』と呼ばれるようになるまで、こんな風に努力を重ねてきたんだろうな。

その辺りもやはりお嬢と気が合う理由の一つなのだろうか。

「分かりました。乙葉《おとは》さん、俺も喜んで付き合います！」

「…………何か勘違いしてそうだけど、うん。付き合って」

乙葉《おとは》さんと一緒に、薄暗《うすぐら》い洋館の中を進んでいく。

内装は作り物だと思えないほどリアルに出来ている。仮に目隠《めかく》しして人を連れて来てしまえばそのまま騙《だま》せてもおかしくはないほど。

更には床《ゆか》が軋《きし》む音や、程《ほど》よい冷気のようなものも感じる。

BGMの音量も絶妙《ぜつみょう》に調整されていて、アトラクションであることを忘れそうになるぐらいだ。

「…………」

隣《となり》の乙葉《おとは》さんは特に怖《こわ》がってる様子はないな。だけど今も俺の腕にしがみついてるし、きっと恐怖《きょうふ》を押《お》し殺しているんだろう。彼女を支えられるように俺も頑張《がんば》らないとな。

苦手を克服しようとする乙葉《おとは》さんの覚悟《かくご》に敬意を表しながら、洋館の奥《おく》を進んでいく。

――――カタ……カタ……カタ……カタ。

薄暗い闇の向こうから音が聞こえる。何かが動いている音。

このリアリティある洋館の内装と相まって、中々に雰囲気《ふんいき》あるな。

俺は別に大丈夫だけど、乙葉《おとは》さんは少しキツイかもしれない。

「大丈夫ですか、乙葉《おとは》さん」

「……何が？」

こてん、と乙葉《おとは》さんは可愛《かわい》らしく小首をかしげる。

俺の質問の意図が分かっていないようにも見えるが……いや。あらためて問うことも無いだろう。きっとやせ我慢《がまん》しているんだ。下手に意識させてしまうと、恐怖心を煽ることになるかもしれないし。

「大丈夫ならいいんです。先に進みましょうか」

「……ん」

頷《うなず》く乙葉《おとは》さん。他に道はなさそうなので、そのまま先へと進む。

やがて聞こえてくるその音は徐々に大きくなっていき……音の発生源に辿《たど》り着いた。

廊下《ろうか》の台に置かれていたのは、血に濡《ぬ》れた西洋人形。それがカタカタと一人でに動いて笑っている。

……うーむ。やはり俺にはピンとこないな。天堂《てんどう》の家を狙う輩《やから》を相手していると、こういうのは目にする機会も多いし。そういえばこの前、屋敷に忍《しの》び込もうとしてた奴《やつ》もこんな感じの人形を使ってたっけ。人形の中にナイフやら銃《じゅう》やら仕込《しこ》んで面倒《めんどう》だったな。全部叩《たた》き落して近接戦を仕掛《しか》けたら一瞬で片付いたから、大したことないやつだったけど。

だが俺のことはどうでもいい。流石《さすが》の乙葉《おとは》さんもこの人形には……。

「………………（じー）」

乙葉《おとは》さんは血みどろ人形をじっと見つめていた。

怖がってる様子は特にない。なんというか、「凝《こ》った人形だなぁ」という無味乾燥《むみかんそう》な反応だ。

「乙葉《おとは》さん？」

「……なに？」

「えーっと……大丈夫ですか？」

「……なにが？」

乙葉《おとは》さんは俺の問いに対して、きょとん、としている。

恐怖を隠《かく》している……わけではないな。うん。これは流石に違う。

「ああ、いえ。この人形、怖くないのかなと思って……」

「…………！（はっ）」

なぜか乙葉《おとは》さんは俺の言葉に、はっとして、

「……き、きゃー。こわいー」

凄まじいまでの棒読みだった。

「乙葉《おとは》さん、怖がってませんよね……？」

「……そんなことない」

「いや、だってめちゃくちゃ棒読みでしたけど……」

「……怖くて怖くて、怖すぎて、思わず棒読みになってしまった」

怖すぎて棒読みになることがあるのだろうか……。

「……ほら。見て。怖いから、影人《えいと》の腕に抱きついてしまっている」

「それは割と最初からでしたが……」

「……そうだったっけ？」

そうでしたよ。何せあんな話をされたぐらいですから、よく覚えていますとも。

「まあ、とりあえず……先に進みましょうか」

☆

…………計算外だった。

わたしが事前に調べた情報だと、このホラーアトラクションは恋人《カップル》からの人気が高い。

……そして。このアトラクションがきっかけで恋人《カップル》になったという話も多いらしい。

それにホラーハウスなら、怖がりながらとても自然に影人《えいと》に抱き着くことだって出来る。まさに完璧《かんぺき》な計画……そう思っていた。けれど羽搏乙葉《わたし》の立てた計画には、致命的《ちめいてき》な見落としがあったということに気づいた。

（…………そういえばわたし、こういうの全然怖くなかった）

雰囲気のある洋館とか、勝手に震《ふる》えて音が鳴る人形とか。ついでに今、そこに現れた骸《がい》骨《こつ》の怪物《かいぶつ》とか……まったく怖いと思えない。怖くないから、怖がるタイミングがいまいち掴めない。これだと、影人《えいと》と良い感じの雰囲気になれない。

（……まだ諦《あきら》めるのは早い）

まずは認める。自分の計画に見落としがあったことを。だけど挽回《ばんかい》できないわけじゃない。

このホラーハウスもまだ序盤《じょばん》。先に進み、奥に行けば行くほど出てくる仕掛け《ホラー》だって大物になっていくはず。

（……まずは大物を待つ。出てきたら、きゃーってする。うん。完璧）

頭の中で計画を修正したわたしは、あらためて影人《えいと》と一緒にホラーハウスの中を進んでいく。……暗闇《くらやみ》に目が慣れてきた。なまじステージに対する知識があるだけに、なんとなく仕掛けが出てくる場所が分かる。

（あとは大物……この暗闇の中で、恐怖のついでに自然と影人《えいと》に甘えられるような大物さえ来てしまえば、完璧……！）

……骨を剥《む》き出しにして血みどろになった犬。ダメ。次。

……全身にナイフが刺さったゾンビ。微妙。次。

……人骨で作られた趣味《しゅみ》の悪いオブジェ。パンチが足りない。次。

「ふぅ……もうだいぶ進みましたね。上の階に到達《とうたつ》しましたし、そろそろ終盤《しゅうばん》なんじゃないですか？」

「……っ⁉」

なんてこと。仕掛けとタイミングを吟味《ぎんみ》していたら、いつの間にか終盤まで来てしまっていた……！

「乙葉《おとは》さん？」

「……なんでもない」

まさか大人気のホラーハウスがこんなにも不甲斐《ふがい》ないなんて思わなかった。

星音《ほしね》も意見を出しているならちゃんと改良してほしい。これだとただ影人《えいと》と普通《ふつう》にアトラクションを楽しんで終わってしまう……あれ？　それでいいような気も……？

（……とりあえず、次は何が出てきても怖がってみせる……！）

心の中で覚悟を固め、仕掛けを期待して先へと進む。

……うん。まだ仕掛けは残ってる。この扉《とびら》を開けたら、きっと何かが出てくるはず。

とても怖い仕掛けが出てきますように……と、祈《いの》りを込めながら、わたしは扉を開ける。

「ここは……」

扉を開けた先の部屋は、あちこちに糸のようなものが張り巡《めぐ》らされていた。

糸で巻かれて吊《つ》り下げられているのは……人間（を模した作り物）だろう。部屋の色んなところには人間の骨（を模した作り物）が散乱している。

そしてその奥。部屋の最奥《さいおう》には、血走ったように真っ赤な眼。毛皮のような皮膚《ひふ》を全身に纏《まと》い、複数の脚《あし》を怪《あや》しげに可動させた……巨大《きょだい》な蜘蛛《くも》（を模した作り物）がわたしたちを出迎《でむか》えていた。

「はぁ…………………」

がっかりした。

どうして大きな蜘蛛なんだろう。薄暗い洋館というシチュエーションへの甘えが見える。

正直もう少しやれたはず。洋館だったら吸血鬼《きゅうけつき》とかでも……いや。今はそういうことじゃない。もうこれ以上の仕掛けはなさそうだし、ここはもうこの巨大蜘蛛《きょだいくも》で妥協《だきょう》するしかない。

「き、きゃー。こわいー」

このまま影人《えいと》に抱き着く……いや。さっきからそれをやっても失敗している。今だと効果が薄《うす》い。この部屋には蜘蛛しかいないし……もっと怖さをアピールしないと。

わたしはこの巨大蜘蛛から逃げるようにして、部屋を飛び出した。

「お、乙葉《おとは》さん⁉」

驚く影人《えいと》をよそに、わたしはそのまま薄暗い洋館の中を走って、走って、走って——

「…………………………………迷った」

一人になった時、自分が方向音痴《おんち》……じゃなかった。個性的な方向感覚の持ち主であることを思い出した。

「……わたし、何やってるんだろ」

ふと冷静になって我に返る。なんだか、やることなすこと空回りな気がしている。

……あんまり認めたくなかった。けどここまできたら認めるしかない。

どうやらわたしの作戦は失敗してしまったようだ。というか、根本的なところから見落としてしまっていた気がする。

(……焦《あせ》ってたのかも)

転入してから、なんだかんだ言って、星音《ほしね》と影人《えいと》の距離《きょり》感《かん》は近い(想《おも》いが届いているのかは別として）ということを実感した。そこにこの球技大会の景品。チャンスだと思って張り切り過ぎたのかもしれない。

……うん。それはただの理屈《りくつ》。とってつけた後付け。

本当は自分でも分かってる。わたしは、舞い上がっていた。はじめての恋心《こいごころ》に。抑《おさ》えがきかなくて、タガが外れて、前が見えなくなって、空回りして……はじめてのことばかりだ。

知らなかった。恋《こい》がこんなにも、自分を変えてしまうなんて。

「乙葉《おとは》さん」

「……影人《えいと》」

「どうしていきなり飛び出していったんですか。探しましたよ」

「…………」

どうして、と言われても説明しづらい。

しかも影人《えいと》本人に。出来るわけがない。

「えっと……なんでもない」

誤魔化《ごまか》すしかなかった。だって、本人に説明なんて出来ないから。

「……さすがに嘘《うそ》をついていることぐらい分かりますよ」

そんな気はしていた。いくら影人《えいと》が鈍《にぶ》くても、さっきのわたしの様子がおかしいことぐらいは気づくだろう。

「う……」

「……と、とりあえず今は先に進むべき」

いくら誤魔化しがバレているとはいっても、説明できないものは説明できない。

先に進むことで何とか有耶無耶《うやむや》にしようとしたけれど。

ドン、と影人《えいと》の腕が壁を叩き、わたしの前を遮《さえぎ》った。

「えい、と……？」

「人に心配をかけておいて、誤魔化そうとするのはいけませんね。乙葉《おとは》さん」

そんなことを言う影人《えいと》はニコニコと笑っているけれど……いつもとちょっと違う気がする。

思わず顔を逸《そ》らすと、影人《えいと》の手がそれすらも許さないとばかりにわたしの頬《ほお》に優《やさ》しく添《そ》えられた。

「どこを見ているんですか」

「あ、あの…………えっと……」

「今は俺と話してるんです。ちゃんと俺の顔を見てください」

「あ…………」

わたしの頬に触れる影人《えいと》の手。だけどその手は、わたしに顔を逸らすことを許してくれない。

「こんな薄暗い洋館の中を走り回ったら危ないじゃないですか。しかもあなたは方向音痴なんですし」

「ち、ちが……わたしは……」

「違わないですよね？」

「…………はい……」

「……それなら、言うべきことがあるんじゃないですか？」

「えっ？」

「心配をかけた俺に対して、言うべきことが」

「…………」

今日の影人《えいと》、いつもとちょっと様子が違う気がする。

ちょっといじわるになったような感じ。でもそれが嫌《いや》じゃなくて、嫌《きら》いじゃなくて。むしろ……ドキドキしている、かもしれない。

「言ったら……許してくれるの？」

「それは乙葉《おとは》さん次第《しだい》です」

くすっ、と笑う影人《えいと》。その表情や仕草は蠱惑的《こわくてき》で、どことなく色気があって。

「……ごめんなさ…………あっ……」

影人《えいと》の手がわたしの頬を優しく撫《な》でる。じっくりと、ゆっくりと。

くすぐったくて、心地良《ここちよ》くて。むず痒《がゆ》くて。そんなわたしの反応を楽しんでいるみたいに、影人《えいと》の指が滑る。

「んぅ………」

「どうしたんですか？」

「あう………く、くすぐったい……」

「きちんと言ってくれないと、聞こえませんよ」

「影人《えいと》のいじわる……」

「そうですね」

いじわるをされているはずなのに、そんな影人《えいと》にドキドキしてしまっている自分もいる。

「今の俺はいじわるなんです。あれだけ心配をかけた乙葉《おとは》さんが誤魔化そうとするから、いじわるになっちゃったんです」

もっと触《さわ》ってほしい。もっと囁いてほしい。この時間が続いてほしい、って。

「……そういう乙葉《おとは》さんは、いじわるされるのが好きなんですか？」

「どうして……？」

「さっきから物欲《ものほ》しそうな顔をしてますよ」

「う、うそっ」

影人《えいと》の言葉にはっとして、思わず自分の顔を触る。鏡があったらきっとすぐに自分の顔を確かめていたと思う。

「冗談《じょうだん》です」

「あ……う…………」

……ここが薄暗くてよかった。だって、今のわたしの顔はとても赤いと思うから。

「言ってみてください。『ごめんなさい』って」

今のわたしには、影人《えいと》のその要求がとても難しいことのように思えた。

だって、ドキドキし過ぎて、舌がうまくまわらないのだから。

言わないと。影人《えいと》に心配をかけてしまったのは事実なのだから、それについてはちゃんと謝《あやま》らないと。

（…………違《ちが》う）

違う。すぐに分かってしまった。それは後付けの理由なんだって。

（本当はわたし………期待してる……）

ごめんなさいを言おうとしたら、また影人《えいと》がいじわるしてくれるんじゃないかって。

「………ごめんにゃ……さい……」

ちゃんと言うことが出来なかったのは、舌がまわらなかったのか、それとも……影人《えいと》のいじわるをおねだりしてしまったのか。自分ですら分からなかった。

「よくできました」

「あっ………」

影人《えいと》の手がわたしの頬から離れていく。いじわるされなくてほっとしている気持ちなんて湧《わ》かなくて、むしろそれを名残惜《なごりお》しいと思ってしまう。

「……では、先を急ぎましょうか。そろそろ出口ですし」

「う、うん………」

すっかりいつも通りに戻《もど》った影人《えいと》に手を引かれて、わたしは薄暗い洋館の中を進み、無事に出口までたどり着くことが出来た。

終わってみれば、結局わたしが立てた計画は何一つとして上手《うま》くいってなくて。

（……むしろ、返り討《う》ちにされた）

攻《せ》めていたはずなのに、いつのまにかわたしが攻められていた。

（……わたし、ちょっと変かも）

この胸に感じているドキドキ。それは恋だけじゃない気がする。

（……いじわるな影人《えいと》も、良いかも）

☆

「やり過ぎた…………」

ホラーアトラクションを終えた後、俺は一人自己嫌悪《じこけんお》に陥《おちい》っていた。

今朝のこともあって、薄暗い空間で急にいなくなってしまった乙葉《おとは》さんを心配した。いや、今思えば心配し過ぎてしまったのかもしれないけれど。

心配して、駆《か》け付けて、無事だと安堵《あんど》して。

だけど乙葉《おとは》さんに嘘をつかれて。悪気があったわけじゃないことは分かる。別に怒《おこ》ったわけでもないけれど、ただちょっと抑えていたはずの悪戯心《いたずらごころ》が甘く疼《うず》いてしまった。

瞳《ひとみ》を潤《うる》ませた乙葉《おとは》さんを見ていたらどんどんタガが外れてきて。

どうしてこんなことになったのか。こんな自分になってしまったのか。

……やっぱり何度思い返しても、きっかけはお嬢への『ご褒美《ほうび》』だろう。

あの時から、俺の中で『いじわるな自分』が顔を出すようになってしまった。正直、自分でも驚いている。こんな自分がいたことに。

「今度こそ、自分を抑えないと……」

「……影人《えいと》」

一人決意を固めていると、乙葉《おとは》さんが袖《そで》を引っ張ってきた。

その顔は閉鎖《へいさ》空間であった洋館のホラーハウスを出たばかりだからか、赤く染まっている。

「……わたし、ちょっと用事ができた」

「用事でしたら俺も付き合いますけど」

先ほどはついやり過ぎてしまったという自覚があるので、助けになれるならなりたい。

だけど乙葉《おとは》さんは首を横に振《ふ》る。

「……ううん。だいじょうぶ。すぐに星音《ほしね》がくるから、一緒《いっしょ》に回ってあげて」

それだけを言い残して、俺が引き留める前に乙葉《おとは》さんは足早に去っていく。

「まるでお嬢《じょう》が来るタイミングを知っているような言い方だったな……」

乙葉《おとは》さんの発言に首を傾《かし》げていると、

「影人《えいと》」

「お嬢」

入れ違いのようにこの場に現れたお嬢に思わず目を丸くする。乙葉《おとは》さんの言葉はまるで予言だな。

「申し訳ありません、お嬢。乙葉《おとは》さんは用事が出来たらしく……」

「知ってるわ」

事前に連絡《れんらく》でも取りあっていたのだろうか。だとしたら、乙葉《おとは》さんの発言にも納得《なっとく》だ。

「だって、私が後攻《こうこう》だもの」

「後攻？」

「こっちの話。とにかく、乙葉《おとは》のことは大丈夫《だいじょうぶ》。そのうち戻ってくるから、それまで私と一緒に遊びましょう」

「承知いたしました」

二人の間で了承《りょうしょう》がとれているのなら、まあいいか。

どうせなら俺にも教えておいてほしかったなという、寂《さび》しさのようなものも感じなくはないけれど、それ以上に今は二人の仲が深まっていることの方が何倍も嬉《うれ》しい。

「お嬢、どのアトラクションにいたしますか？」

「そうね……このままあなたと一緒にアトラクションに行くのもそれはそれで素敵《すてき》だけれ

ど、その前にお昼を済ませてもいいんじゃないかしら」

「お昼ですか？」

確かに時間的にも頃合《ころあ》いだ。乙葉《おとは》さんは用事があると言っていたけれど、ちゃんとお昼は摂《と》れるのだろうか。

「影人《えいと》」

先ほど立ち去って行ったばかりの乙葉《おとは》さんのことを考えていると、途端《とたん》にお嬢が不機嫌《ふきげん》そうに頬を膨《ふく》らませはじめた。……まずい。何か、お嬢の気に障《さわ》るようなことをしてしまったのだろうか。でもまったく心当たりがないぞ……!?

「な、なんでしょう……」

「……今、他の女の子のことを考えてたでしょ」

「へっ？」

お嬢から飛び出してきた言葉は、俺にとっては予想外のもので。

同時に的中してもいたので、やましいことなど何もないはずなのに「ドキッ」としてしまった。

………なぜ俺は今、こんなにも後ろめたく思ってしまっているのだろうか。

「他の女の子のこと、というか……乙葉《おとは》さんはお昼を済ませられているのかどうか、少しばかり気になりまして」

「大丈夫よ。お昼なら済ませるはずだから」

恐《おそ》らく、そのあたりのことも二人で連絡を取り合っているのだろう。

「だから、今だけは私を見ていなさい」

お嬢らしい物言いに思わず顔が綻《ほころ》んでしまう。

俺が乙葉《おとは》さんにとられると思って、ちょっと拗《す》ねてるのかな。

「大丈夫ですよ。俺《おれ》は、ずっとお嬢にお仕えしますから」

「……そういう意味じゃないのだけれど」

とても微妙《びみょう》な顔をされてしまった。俺なりの意志表明をしたつもりだったのだが。

「とにかく。お昼を食べましょう。いいわね？」

「承知しました」

「じゃあ、さっそく行きましょう。……あのね？　実は目星をつけてあるの。ＳＮＳで恋人《カップル》たちに人気なんだけど――」

「では、すぐに施設《しせつ》の外に出ましょうか。外に天堂《てんどう》家の料理人と食材や機材の積んだトラックを待機させておりますので」

「…………………………」

お嬢の目から光が消えた。

「お、お嬢……？」

「…………………なんで？」

「えっ？」

「…………………なんでそんなものが待機してるのかしら？」

「いえ……その……お嬢に相応《ふさわ》しい食事を提供することを考えれば、こうなるかと
…………」

あれ。おかしいな。お嬢の見せる笑顔《えがお》はいつも素敵なはずなのに……なぜか今はちょっと怖い。

「……そう。ちなみに外で待機してるっていう料理人たちと連絡はとれるかしら？」

「それは……はい。勿論《もちろん》……」

「……少し話したいことがあるから、電話してくれる？」

一体何をお話されるのでしょうか、とはたずねることができず、ひとまず電話を繋げてそのままお嬢にスマホを手渡《てわた》す。

それから少しして、

「料理人たちは、急な用事が入ったからすぐに帰るそうよ」

「えっ。いや、俺はそんなこと聞いてな……」

「ごはんは施設内《しせつない》にあるお店でとってほしいそうよ」

「あ、はい……」

まさに有無《うむ》を言わせぬ迫力《はくりょく》がそこにはあった。

しかし、どういうことだ。今回は天堂《てんどう》家お抱《かか》えの料理人を連れてきた。それこそ、幼い頃《ころ》から毎日お嬢の食事を作り続けている方だ。味の好みだって把握《はあく》しているし、栄養バランスにだって気を遣《つか》ってくれる。俺だって、その腕と実績と信頼《しんらい》を以《もっ》て選定し、わざわざ待機してもらっていたのに……何が気に入らなかったのだろうか……。

☆

場所がテーマパークと聞けば、きっと誰《だれ》もがアトラクションを調べることだろう。

それは間違《まちが》っていない。テーマパークに来たからにはアトラクションに乗らないことなどありえない。むしろ、アトラクションに乗らずして何をするというのだろう。

………だけど。それはあくまでも遊ぶ場合の話。

デートともなれば（影人《むこう》にそのつもりはないのだろうけれど）、視野を広げる必要がある。

その点で語るならば、乙葉《おとは》は視野が狭《せま》いと言わざるを得ない。

天堂《てんどう》家の者にカメラを持たせてモニタリングさせてもらったけれど、ホラーアトラクションに入っていく二人を見て、乙葉《おとは》の狙《ねら》いにピンときた。

恐らくはホラーアトラクションにかこつけて影人《えいと》に引っ付き放題抱《ほうだいだ》きしめ放題を目論《もくろ》んだのでしょうけど、甘《あま》いわね。そんな正攻法《せいこうほう》で落ちてるなら、とっくの昔に影人《えいと》は私に落ちている。

そんなまともな手が通用すると思ったのが、そもそもの間違いだ。

いや、そもそもアトラクションにしか目がいってない時点で、乙葉《おとは》は失敗していたのだ。

(テーマパークといえば、アトラクションだけじゃないのよ)

私があえて後攻をとった狙いはそこだ。

交代するタイミングはちょうどお昼。つまり影人《えいと》と一緒に昼食をとることができる。しかも、ただの昼食じゃない。

それ自体はパーク内の屋台で買えるサンドイッチだけど、大人気恋愛《れんあい》ドラマがきっかけで人気に火が付いた。

ドラマの撮影《さつえい》に利用されたあるエリアのベンチに座《すわ》り、ドラマと同じメニューのサンドイッチを恋人《こいびと》同士で食べる……というのがＳＮＳで流行《はや》っている。

そう……私の狙いはこれだ。これを影人《えいと》とやる。影人《えいと》も気づくだろう。「あっ、これドラマと同じじゃやつだ」と……そして私にドキドキしちゃったりするのだ。

やれやれ。なんて完璧な作戦なのかしら。あまりにも隙《すき》が無さ過ぎて我ながら恐ろしいわね。

もっと言うなら、敢《あ》えて後攻を選んだ私の判断が光る。

後攻ならば昼食というアドバンテージを存分に使うことが出来るのだから。

(悪いわね乙葉《おとは》……今回ばかりは勝ってしまったわ)

影人《えいと》を食事に誘《さそ》えば勝利は目前。

私の完璧な作戦に一分の隙も無いのだから！

「じゃあ、さっそく行きましょう。……あのね？　実は目星をつけてあるの。ＳＮＳで恋人《カップル》たちに人気なんだけど――――」

「では、すぐに施設の外に出ましょうか。外に天堂《てんどう》家の料理人と食材や機材の積んだトラックを待機させておりますので」

「………………………」

初手で作戦が砕《くだ》け散った。

「お、お嬢……？」

「…………………なんで？」

「えっ？」

「………………なんでそんなものが待機してるのかしら？」

「いえ……その……お嬢に相応しい食事を提供することを考えれば、こうなるかと…………」

それはそうだけど……！

無駄《むだ》に有能……！　私の使用人が、無駄に有能過ぎる……！

……いえ。まだ諦めるのは早いわ。天堂星音《てんどうほしね》。

この窮地《きゅうち》をどう凌《しの》ぐか。天堂《てんどう》家の娘《むすめ》としての素養が試《ため》されているのではなくて？

「……そう。ちなみに外で待機してるっていう料理人たちと連絡はとれるかしら？」

「それは……はい。勿論……」

「……少し話したいことがあるから、電話してくれる？」

ひとまず影人《えいと》のスマホを受け取り、件の料理人と繋《つな》げる。

「もしもし。私だけど」

『申し訳ありませんでした、お嬢様《じょうさま》……！』

私が生まれる前から天堂《てんどう》家に仕えている料理人の声は、これまで聞いたことないぐらいに申し訳なさそうだった。

「……どうして謝ってるの？」

『影人《えいと》は否定しておりましたが……今日はデートのご予定でしたよね？』

　なんて察しの良い料理人なのだろう。

「そうね……私はそのつもりだけど」

『私もそう思い、全力で遠慮《えんりょ》しようと試みたのですが……なにぶん、お嬢様の健康や相応しい食事を提供する意義を五時間ほどかけて説かれてしまうと、天堂《てんどう》家に仕える者としては流石に断り切れず……』

「私の影人《えいと》がごめんなさいね……」

　まさか五時間も演説をするとは思っていなかった。その情熱を少しでもいいから鈍感《どんかん》さを削《そ》ぐ方向に向けてほしい。

「待機させちゃってごめんなさい。もう帰ってもいいわよ。今月の給与《きゅうよ》には色を付けておくように、お父様とお母様に伝えておくから」

『いえいえ。お気になさらず。それよりもデートの方が上手くいくことを陰《かげ》ながら祈っておりますので』

　なんて気遣《きづか》いの出来る料理人なのだろう。

料理とは関係のないところでも有能過ぎる。お父様とお母様に彼《かれ》の給与を上げておくよう交渉《こうしょう》しておこう。臨時のボーナスも出してもらった方がいいかもしれない。

「料理人たちは、急な用事が入ったからすぐに帰るそうよ」

「えっ。いや、俺はそんなこと聞いてな……」

「ごはんは施設内にあるお店でとってほしいそうよ」

「あ、はい……」

ふぅ。多少の躓《つまず》きはあったけれど、これでよし。

最初さえクリアしてしまえば、あとはもう大丈夫。

私の完璧な作戦は、ここから始まるのだから！

☆

「申し訳ありません。完売いたしました」

お嬢が目星をつけていたというサンドイッチは、残念ながら売り切れてしまっていた。

「この屋台って他の場所にもありますよね？　そこに売っていたりは……」

「そうですねぇ……ドラマの影響《えいきょう》で勢いが凄《すご》くて、ここ最近は午前中のうちにどこも完売しているんですよ」

そしてこのサンドイッチはエリア限定のものらしいので、今日のところは手に入れるのも難しいそうだ。

「残念でしたね。お嬢、ここは別のものを……」

「……………………………………」

またお嬢の目から光が消えていた。

しかもさっきに比べて絶望感のようなものが足されている気がする。

おかしいな。この屋台に来るまでは勝利を確信したような機嫌《きげん》の良さだったのに（何の勝利を確信していたのかは定かではないが）。

「私の……完璧な計画が………」

ただサンドイッチが買えなかったにしてはやけに落ち込《こ》んでいるな……そんなにも楽しみだったのかな。

そういえばお嬢、このサンドイッチが出てきたあのドラマを熱心に見てたっけ。元から恋愛ドラマはノートにメモを書き込むほど熱心に見ているお方だったからな。それだけ今回のサンドイッチは楽しみにしていたし、買えなかったからこそショックも大きいのだろう。

「あ、あの、お嬢? サンドイッチなら、また俺が買ってきますから……」

「それじゃ意味ないのよ……」

意味がない? どういうことだ?

俺もあのドラマを見ていたが……サンドイッチそのものは普通のものだ。コンビニなどで売られているものよりは材料にもこだわって味も良いが、だからといって特別といえるほど特別でもない。

……何か見落としがあった? お嬢ほど熱心に見てはいなかったからな。不甲斐ない。帰ったら見返してみるか。

「…………いえ。まだ。まだよ!」

どうやらショック状態から抜《ぬ》け出したらしいお嬢は目に力強い輝《かがや》きを宿しながら、気を取り戻した。

「影人《えいと》、移動するわよ」

「承知しました。お食事の方は……」

「移動しながら食べればいいわ。そのへんで何か買いましょう」

「お言葉ですが、歩きながら物を食べるというのは、天堂《てんどう》家の令嬢《れいじょう》として如何《いかが》なものかと……」

「天堂《てんどう》家？　令嬢？　そんな何の役にも立たない肩書《かたが》き、犬にでも食わせておきなさい」

「お嬢⁉」

流石《さすが》にダメだろう。ドッグフードにしては高すぎる。逆に犬だって困るだろうし。

「いい、影人《えいと》。この世にはね、そんなどうでもいいことより、もっと大切なことがあるの」

「天堂《てんどう》家の名はどうでもよくはないと思うのですが……して、大切なこととは？」

「ドラマのロケ地よ」

「お嬢？？？」

　確かにドラマのロケ地も重要……だろう。実際、あのドラマの影響でいくつかのロケ地が盛り上がっていると聞く。うん。重要だ。

　しかし。しかし、だ。

（天堂《てんどう》の名より……重要…………なの、か……？）

あまりにも堂々と仰《おつしや》られるから逆に混乱してきたぞ。

おかしいな……いや。お嬢がここまで堂々としているのだから、俺がおかしいのか？

あれ？

　混乱しながらもお嬢の後をついていく。

「お嬢、昼食を買ってきますので、少々お待ちください。何かご希望はありますか？」

「お腹《なか》が膨れればこの際なんでもいいわ。移動の方が先決だし」

「し、承知しました……」

お腹が膨れればなんでもいいはご令嬢にしてはワイルド過ぎないか、と思いつつ手近なところにあった屋台でホットドッグとドリンクを購入《こうにゅう》する。チュロスにするか悩《なや》みはしたが、サンドイッチに近そうなホットドッグを選んだ。

「お待たせしました」

「ありがと。さ、早く行きましょう」

お嬢はホットドッグとドリンクを手にそのまま早足で先へと進む。

何かの目的に燃えた目は前を向いたまま、ホットドッグには目もくれず、歩きながらその小さなお口でパンにかぶりついていて……意外と様になってるな。

このテーマパークは様々な『物語』を題材にしている幾《いく》つかのエリアに分かれている。ドラマではその物語を題材にしたエリアと登場人物の心情をリンクさせていたっけ。

そうそう。ドラマの名シーンとして特に有名なのが、ウサギと懐中時計《かいちゅう》をモチーフにしたオブジェの傍《そば》にあるベンチでヒーローとヒロインがデートをしていてサンドイッチを食べていたところだっけ。

……おっ。見えてきた。ウサギと懐中時計をモチーフにしたオブジェ。あそこにあるべンチで……。

「……満員…………ですって……!?」

お嬢が愕然《がくぜん》としていた。

件のベンチの周りには恋人たちがこれでもかというほど群がっていて、いちゃいちゃとしながら写真を撮《と》ったりしてデートを楽しんでいた。

……なるほど。あれがサンドイッチが売り切れた理由か。

けどこう言ってしまっては何だが……ドラマのような雰囲気《ふんいき》はないな。むしろ人で賑《にぎ》わっている分、甘い雰囲気をぶち壊《こわ》しにしてしまっている感じがする。まあ、あの恋人《カップル》たちにとってはデートが出来ればそれでいいし、もっと言えば写真さえ撮れればいいのだろうから、特に問題はないのだろうけど。

「お嬢、いかがなされますか？　順番を待つという手もありますが……」

「…………いえ。やめておきましょう。雰囲気も出なさそうだし……」

あぁ……なんということだ。お嬢が落胆《らくたん》されている。よほどドラマのロケ地巡《めぐ》りを楽しみにされていたのだろう。

☆

完全に計算外だった。というか、初手から何もかもが上手くいっていない。

勝利という名の栄光に続く階段を駆け上がっていくはずだったのに、石につまずいてそのままあれよあれよという間に転がり落ちている気分だ。

いいえ。諦《あきら》めるのはまだ早いわ、天堂星音《てんどうほしね》。

己《おのれ》というものは窮地にこそ試されるもの。

失くしたものばかりを数えて落胆していたって、いつまでも状況《じようきよう》はよくならないわ。

よく探しなさい。今の私に出来る何かを。この状況を打開する手がかりを……！

周囲をよく観察してみると、私が使うはずだったベンチでは恋人《カップル》が購入したチュロスを互《たが》いに食べさせ合っていた。

片方はプレーン。もう片方はチョコだろうか。「チョコ美味《おい》しー♪　そっちのプレーンも食べてみたいかも。ちょっと味見させてくれる？」「いいよ。はい、あーん」「あーん……んー♪　美味しいねっ。チョコの味見、してみる？」「するする。あーん」とか言って、相手が持っているチュロスを一口ずつ食べさせ合っている……こ、これだわ！　そうよ、これなら場所に縛《しば》られず実行できる！　しかも……か、間接キスまで出来ちゃうわ。とても自然な流れで……！　今度こそなんて完璧《かんぺき》な作戦なのかしら！

「ね、ねぇ、影人《えいと》。ちょっと味見させてくれないかしら？　私のもあげるから」

「お嬢。味見も何も、同じホットドッグですが……」

し、しまった…………！　なぜ私はホットドッグでよしとしてしまったの……⁉

これじゃあ味見ができないじゃない！　せめてチュロスなら……チュロスなら味見と称《しょう》して食べさせ合いとかできたのに！

いえ。まだ諦めるには早いわ。てきとーに理由をつけて絶対に味見を……。

「ごちそうさまでした」

完食……ですって…………⁉

「ず、ずいぶんと食べ終わるのが早いのね？」

「俺の場合、仕事の合間に食べることが多いので」

言われてみればそうだ。色々と腑《ふ》に落ちる。

だけど待ってほしい。

影人《えいと》。あなたまだ高校生でしょ？　ちょっと働かせすぎじゃない？　食事ぐらいもっとゆっくりしてもいいんじゃないの？　これはお父様に文句を……じゃなかった。抗議《こうぎ》をする必要があるみたいね……。

「それだとお腹が膨れないでしょう？　私のも分けてあげるわ」

「おかげさまで、お嬢の食事に手を出すほど飢《う》えてはいません。お気遣い、感謝いたします」

「もっと食べなさいよ！　育《そだ》ち盛《ざか》りの男子高校生なんだから！」

「なぜそこまで必死に⁉」

そりゃ必死にもなるでしょうよ！　ここまで何もかも上手くいってないんだから！

私が考えた完璧な作戦が尽く瓦解《がかい》しているのだから！

「俺のことは構わず、お嬢はゆっくりと食事なさってください」

「（もぐもぐもぐもぐもぐごくん）影人《えいと》。食後に甘いものが欲《ほ》しくないかしら？」

「早っ……⁉　お、お嬢⁉」

「甘いもの、欲しいわよね？」

「あ、はい……」

（こんなことで諦めないわ……！　せめて『あーん』ぐらいはしてみせるんだから……！）

問題は何を食べるかね。先ほどのホットドッグのようなミスを繰《く》り返してはいけない。脳内で素早《すばや》く考えを巡らせつつ、最短最速で最善の一手を導き出さねばならない。難問だ……学園のテストで全教科満点で一位をとるよりも難しい。むしろ答えが存在するテストの方が生易しいぐらいだ。いっそ、誰かが対策問題集を作ってくれないかしら。言い値で払《はら》うわ。いや。考えが逸れた。今の問題は何を食べるか。チュロスはダメ。いや、悪くはないけれど、食べ歩きはまた影人《えいと》から注意されちゃうかもしれないし、屋台系は失敗したばかり。同じ失敗を繰り返すことは出来ない。だとすれば店内がいいわ。確か近くにレストランがあったはず。そこにあるデザートを注文すればいい。それに店内なら影人《えいと》も注意してこないだろうし、ゆっくり食べることが出来る。決まりね。テーマパーク内のマップは隅《すみ》から隅まで記憶《きおく》しているし自分の現在位置も座標単位で把握している。レストランまでの最短ルートも構築完了《かんりょう》。よし。本当の本当に今度こそ完璧だわ！（ここまで0.002秒）

「今、お嬢の優秀《ゆうしゅう》な頭脳がとても無駄なことに使われた気がします」

「そんなことないわ。むしろ、今までで一番フル活用してると言ってもいいわね」

学園のテストの方がよっぽど浪費《ろうひ》だ。あんなもの五分もあれば解答欄《かいとうらん》は全て埋《う》まるし、それ以外の時間は身動きが取れなくなる。仕方がないから影人《えいと》を落とすための時間に残りのテスト時間をすべて使っている。まあ、そうやって考えた作戦が尽く失敗してきたのだから、やっぱりテストという時間は浪費だ。

「影人《えいと》。デザートはレストランで食べましょう」

というわけで、私たちは一緒にレストランへと向かった。

時間帯的に混雑していたので待ち時間が生じてしまったが、こればかりは仕方がない。最初の取り決め通りに乙葉《おとは》が戻ってくる時間を考えるとロスになってしまうが、許容範囲《はんい》内《ない》だ。いや、無理やり許容するしかない。許容してみせる。許容するのよ、私。

その店は世界観設定的にレストラン、と銘打《めいう》ってはいるが、実際の形式はフードコートが近い。カウンターでメニューを注文して、空いている席を探して座る。メニューが出来上がったらそれをカウンターまで受け取りに行く。

私は目当てのデザート（ちゃんと別々の味を買った）を注文してから、空いている席に座った。何だかんだここまで歩いてばかりだったから、ゆっくり座ることが出来るのはありがたい。……ああ、お冷が体に染《し》みる。まるで何もかも上手くいかない私を労《ねぎら》い、慰《なぐさ》めてくれているみたいだ。

「お水って、こんなにも美味しかったのね……」

「普段《ふだん》からお屋敷《やしき》で口にされている水の方が、比べることすら烏滸《おこ》がましいレベルで質が高いはずですが」

確かに価格の面ではそうなのかもしれないけれど、お屋敷の水は私を慰めてくれないし。

「……っと、注文したデザートが出来上がったようですね」

カウンターで渡《わた》された端末《たんまつ》が振動《しんどう》しながら、料理の完成を知らせる電子音《アラーム》を鳴らしている。それを取った影人《えいと》はすぐに立ち上がった。

「すぐにお持ちしますので、少々お待ちください」

一緒についていこうとしたけれど、すぐに思いとどまる。

どっちにしたって席を確保しておかなければならない。

「じゃあ、お願いね。すぐに戻ってきてね」

「承知いたしました」

最後に見ているだけでドキッとしちゃうような笑顔を残して、するりと影人《えいと》はデザートを取りに行ってくれた。

このまま影人《えいと》の姿を見ていたかったけれど、すぐに人ごみに紛《まぎ》れて見えなくなってしまった。

影人《えいと》が戻ってくるまで手持無沙汰《てもちぶさた》になっていた私は、目を閉じて耳を澄《す》ませる。別に面白《おもしろ》いものを期待しているわけじゃない。これも研究の一環《いっかん》。恋人《カップル》とか家族連れとかの会話に耳を澄ませて、影人《えいと》攻略《こうりゃく》の参考にするためだ。……今のところ、実を結んだことはないけれど。

自慢《じまん》じゃないけれど、私はこれでも耳が良い。よく聞こえるだけじゃなくて聞き分けだって出来る。今だって赤ちゃんの泣き声も、それにかき消されそうになっている周りの会話もつぶさに聞き分けられているし。何ならこの泣き声だけで、赤ちゃんの性別だって当てることだって出来る。

というか、耳に限らず目もいいし鼻もきくし舌もいい。ついでにいえばスタイルだっていい。抜群《ばつぐん》のプロポーション、とはまさに私のことだろう。たいていの男の子から好かれる見た目であることは自覚している。

むしろ私が優秀過ぎるから負い目を感じてしまうかもしれないわ。その点に関しては困りものかもしれないけれど、私は天堂星音《てんどうほしね》だもの。仕方がないわよね。

……まあ、そんな私の好意にま――――（省略）――――ったく気づかないのが影人《えいと》なんだけど。

「――――うるっせぇんだよさっきから！」

一人ため息をついていると、近くの席からそんな不愉快《ふゆかい》な怒鳴《どな》り声が聞こえてきた。

「ぎゃーぎゃー泣きやがってよぉ！　耳障《みみざわ》りなんだよ！」

「すみません……すみません……！」

どうやらトラブルらしい。

泣き止《や》まない赤ちゃんに苛《いら》ついているのは、近くの席に座っていた大学生ぐらいの男性たちだ。人数は二人……いや、三人。体格も良い。身長も一番低い人で百八十三センチ（目算だし向こうは座っていたから数ミリ単位の誤差はあるかも）ある。

「こんなところにガキなんざ連れてくんなよ！　人様に迷惑《めいわく》かけやがって！」

「すぐに出て行きますから……すみません……」

父親の方は元から気弱な人なのだろう。既《すで》に三十を超《こ》えているであろうその人は、自分よりも年下の若者たちを相手にペコペコと頭を下げている。

それを見て大学生たちはニタニタと優越感《ゆうえつかん》に浸《ひた》るような笑《え》みを浮《う》かべているが、私からすればあの父親の方が立派だ。

本当に大切なものを護《まも》るために屈辱《くつじょく》に耐《た》えることが出来るのだから。

「みっともねーなぁ、おい。オッサンよ、お前だって男だろ？」

「そんなペコペコしちゃってさぁ、恥《は》ずかしくないわけ？」

「おい、ガキ。将来はお前のパパみたいにみっともねぇ男になるんじゃねーぞ？　ははは！」

それは明らかに彼の子供に向けたものであり、卑怯《ひきょう》でしかない発言だ。

「耳障りだからそろそろ口を閉じてくれないかしら」

しん、とその場が静まり返ったような気がした。いや、実際に静寂《せいじゃく》が満ちた。偶然《ぐうぜん》だろうか。赤ちゃんも泣き止んでいる。

まあ、わざわざ自分の席を離《はな》れてまで立ち寄って顔を見てあげた私に、感動のあまり泣き止んだのかもしれないわね。

「……は？」

「なぁ。それ、オレらに言ってんの？」

「あなたたち以外にいるわけがないでしょう？　まったく、薄汚《うすぎたな》い人間は脳が腐《くさ》っているのかしら」

「へぇー。言うじゃねぇか」

大学生の三人が席を立って、私の前にぬらりと聳《そび》え立つ。

それは自分たちの体格《ぶき》をよく理解している者の振る舞《ま》いだった。

「なに？　お前、俺らに文句あるわけ？」

「当然でしょう。赤ちゃんは泣くのが仕事みたいなものよ。他人のあなたたちがうるさいと感じてしまうのは仕方のないことだけど、わざわざ恫喝《どうかつ》するなんて大人げないわね」

「テメェ……調子に乗ってんじゃねーぞ」

「あら。あなたほどじゃないけど？」

お酒臭《さけくさ》いし、見たところ相当酔《よ》ってるわね。ここでアルコール類は販売《はんばい》してないはずだけど……こっそり持ち込んだのかしら。持ち込み検査をもっと厳重にするように言いつけ

ておかないと。

「女だからって殴《なぐ》られねーとでも思ったか！」

大きな拳《こぶし》が迫《せま》る。だけど、私に届くことはなかった。

それよりも先に――――影人《えいと》の手が、拳を振《ふ》るう腕《うで》を万力のような力で掴《つか》み、締《し》め付けたからだ。

「お待ちくださいと申し上げたはずですが」

「待ってたわよ。だからこうしてるんでしょう？」

「お転婆《てんば》も結構ですが、俺をアテにした行動をされるのも困ります」

「それは無理ね。あなたのことはいつだってアテにしてるもの。それより……そいつ、大丈夫なの？」

影人《えいと》に腕を掴まれた男は、ぱくぱくと口を開きながら顔を青ざめさせている。

痛い、なんてものじゃないわね。下手したら腕の感覚とかなくなってるんじゃないかしら。

「正当防衛です」

にこっと爽《さわ》やかな笑みを浮かべているけれど……これは怒《おこ》ってるわね。

「な、なんだテメェ！」

「ふざけやがって！」

残りの二人が影人《えいと》に殴りかかる。こんな大衆の面前で暴力を振るうなんて、まったく周りが見えていない証拠《しょうこ》だ。

そんな暴漢と化した二人を相手に、影人《えいと》は涼《すず》しい顔をしながら一人を地面に転がし、もう一人の肩《かた》の関節を外してみせた。あまりにも鮮《あざ》やか過ぎて、周りの人たちからは暴漢二人が勝手に地面に転んでしまったようにしか見えないだろう。

「では、俺はこの方たちと店の外でお話をしてきますね」

「お願いね」

「ご心配なく。家の名に傷がつかぬよう、秘密裏《ひみつり》に処理しますから」

影人《えいと》はニコニコとした爽やかな笑みを浮かべると、大学生三人を軽々と掴み、抱えたまま店の外へと出て行った。

「あ、あの……ありがとうございました」

残された家族連れの父親は、わざわざご丁寧《ていねい》に私にぺこりと頭を下げてくれて。

「楽しい思い出を作ってくださいね」

私は必要な言葉だけを残して、影人《えいと》の後を追って店を出て行った。

結果的にデザートは食べられなかったわけだけど、まあそれも仕方がない。あんなものを知らぬふりをして見過ごすことなんて、私が私を許せなかったし。

私が外に出ると、既に処理を終えた影人《えいと》が待ってくれていた。

「影人《えいと》。今度こそデザートを食べに行きましょう」

少し予定が変わってしまったけれど、やることは変わらない。

まだ時間はあるし、デザートは次のお店で食べればいい。そして今度こそ『あーん』をするの。

そう思っていたのに…………。

「本当に……いけないお方ですね、お嬢《じょう》は」

「あう…………」

三十分後。

私は近くにあるホテルの一室で、影人《えいと》から壁際《かべぎわ》に追い込まれていた。

☆

あのお店での騒動《そうどう》の後、私は今度の今度こそデザートを食べようとした。

だってまだ『あーん』もしていないし。甘い雰囲気にもなっていないし。

「お嬢」

「えっ。な、なに……？」

だけど影人《えいと》はいきなり私と手を繋いできて、そのままどこかに連れて行く。

「ど、どこに行こうとしているの……？」

「…………」

質問しても答えてはくれなかった。そうしているうちに、私たちはいつの間にかテーマパークの外に出ていて、それでも影人《えいと》は止まらなくて。どこに行くのかと思って黙《だま》ってついていくと……。

（ほ、ホテル……⁉）

影人《えいと》は迷うこともなくテーマパークと提携《ていけい》しているホテルの中に、私を連れて入っていった。そのまま飛び込みで入れる中でも一番ランクの高い部屋をすぐに借りると、私を問答無用で連れて行く。

「あの……影人《えいと》……？　なんで、ホテルに……」

「…………」

エレベーターの中で質問をしてみたけれど、やっぱり答えは返ってこない。

こうなってくると私も黙り込むしかない。というか、影人《えいと》の強引《ごういん》さにドキドキしてしまって、それどころじゃない。

……ホテル。ホテルって、あれよね。宿泊施設《しゅくはくしせつ》よね。部屋を借りて、寝泊《ねと》まりするところ。

でも男女が同じ部屋に泊《と》まるって……そういうことよね。大丈夫《だいじょうぶ》よ。こんなことになるとは思っていなかったけれど、いつだって準備は万端《ばんたん》。私はいつだって中の服だってちゃんとしてるもの。

（…………いや。待って）

落ち着こう。そわそわしちゃったけれど、よく考えてみるのよ。

今までのパターンを思い返してみて。こうやって浮かれて、一体何度《なんど》迎撃《げいげき》されてしまったことか。

私は天堂星音《てんどうほしね》。何度《なんど》も同じ失敗を繰り返したりはしない。

……まあ？　ちょっとだけ。ええ。ほんのちょっとだけ、同じ失敗をしたことがあるかもしれないわ。でもそれは過去の話よ。

（きっとまた私の勘違《かんちが》いね。……でも、影人《えいと》はどうして私をホテルに連れ込んだのかしら）

頭の中で考えを巡らせて、思い当たることを並べていく。

仮説その一。歩き回って疲《つか》れた私を休ませるため。

……うん。ありえない話じゃない。でも、わざわざホテルまで連れ込むかしら？　そのあたりのベンチで休むだけでも十分だ。さっきのレストランは使えないにしても、別の店にすればいい。この仮説は却下《きやつか》ね。

仮説その二。ごはんを食べるため。

……これもありえない話じゃない。このホテルの中にはレストランもあるし。でも、だったら説明ぐらいしてくれるんじゃないかしら。わざわざこうして強引にホテルまで連れ込む必要はないし……今だって、エレベーターも飲食店のあるフロアを通り越《こ》してしまった。この仮説も却下。

仮説その三。私とベッドの上で男女ですることをすること。

……絶対にないわね。あり得ない。自分で言ってて泣けてきた。

結局、何も心当たりのないままエレベーターは止まり、影人《えいと》は私をホテルの最上階にある一室に連れ込んだ。

連れ込まれたけれど、私はどこか手持無沙汰だ。正確には緊張《きんちょう》して何もできないだけなのだけれども。

だって、こんなのいつもと違《ちが》う。

お屋敷の部屋で二人きりになっているのとはわけが違う。……いや。寝巻《ねま》き姿で同じベッドの上で寝《ね》ていたのは相当な出来事だったけれど。それは置いておきましょう。何もなかったし。

ホテルの同じ部屋に連れ込まれてしまうのは、今までにないことだった。

……あっ。だめ。冷静になったら一気に緊張してきた。

「お嬢」

「な、なに……？」

「脱《ぬ》いでください」

「えっ……？」

「え、影人《えいと》？　なにを……？」

聞こえてきた言葉がとても信じられなくて、思わず聞き返してしまった。

「ですから、脱いでください」

「服……じゃないわよね？」

「服です」

「ふきゅっ⁉」

噛《か》んだ。噛むのは当然だ。噛んでも仕方がない。

「ふ、ふふふふ服を脱ぐの⁉」

「そうです」

「ど、どうして⁉」

「どうしてもこうしてもありません。とにかく脱いでください」

「あうあう……」

もうだめだ。頭が上手《うま》くまわらない。こんなのありえない。だって、あの影人《えいと》がホテルに私を連れ込んで服を脱げだなんて……きっと夢だ。これは夢に決まってる。だって、あまりにも私に都合が良すぎるし……！

「いつまでその服を着てるんですか」

影人《えいと》が一歩、近づいてくる。

それに合わせて私も一歩、下がる。

だけど影人《えいと》は止まってくれない。私はどんどん壁際に追い詰《つ》められてしまって……。

「本当に……いけないお方ですね、お嬢は」

「あぅ………」

私が逃《に》げられないようにするためか、影人《えいと》は壁に手を突《つ》いてきた。

だめ。逃げられない。……ううん。むしろ逃げてもいいの？　逃げちゃダメでしょう。

ああ、でもちょっと緊張する。準備は万端だけど、まさかこんなにも急に本番が来るなんて思ってなかったし。

「俺《おれ》は、早くお嬢にその服を脱いでほしいです。出来ることならこの手ではぎ取りたいぐらいなのに」

「……わ、分かった、けど…………でも……」

「でも？」

「あ、足が震《ふる》えちゃって……自分で歩けないの……」

今にも腰《こし》が抜けそうだ。怖《こわ》いとかじゃなくて、あまりにもドキドキし過ぎて。心臓の鼓動《こどう》だってもしかしたら影人《えいと》に聞かれちゃってるかもしれない。

顔もきっと真っ赤だ。だって、こんなにも熱いし。

自分の足でベッドまで行くことなんて、とてもじゃないけど出来ない。

「いいですよ」

そんな私に、影人《えいと》は微笑《ほほえ》みながら、耳元で囁《ささや》いてくれた。

「でも、服は自分で脱いでくださいね」

「…………影人《えいと》が脱がせてくれないの？」

「流石にそんなことしませんよ。ご自分で脱いでください」

自分で。つまり、私が恥ずかしがりながら自分で服を脱いでいるところをじっくり観察したいのだろうか。

「そ、そういうのが趣味《しゅみ》なんだ……」

「趣味？」

影人《えいと》は首を傾《かし》げているけれど、それもそういう嗜好《しこう》なのかな。

シチュエーションとかに拘《こだわ》るタイプなのかも。

「では、お運びいたしますね」

「あっ………」

告げると同時。影人《えいと》は私を軽々と抱《だ》き上げてみせると、そのまま歩いていく。

「………っ」

思わず私は両の目を閉じた。緊張して、恥ずかしくて、影人《えいと》の顔が直視できなくて。されるがままだ。でも、いい。それでいい。

まさか今日になるとは思わなかったけれど。覚悟《かくご》はできてる。大丈夫。きっと大丈夫よ。

「目を開けてください、お嬢」

「ん………」

目を開ける。照明の光が目に入ってきて、室内が露《あら》わになって……。

「………バスルーム？」

私がお姫様抱《ひめさまだ》っこで連れてこられたのはベッドの上ではなく、バスルームだった。

戸惑《とまど》っていると、影人《えいと》は私を優《やさ》しく下ろしてくれた。

「あ、あの……影人《えいと》？」

「服を脱いだら、この袋《ふくろ》に入れてください」

「えっ………」

「着替《きが》えはそこにバスローブがありますから」

「は、はい………」

それだけを言い残して、影人《えいと》はバスルームから出て行った。

………なんでバスルーム？

一人取り残された私には疑問符《ぎもんふ》が浮かぶ。が、すぐにピンときた。

「そ、そっか……まずは先にシャワー、浴びないと……」

きっと影人《えいと》は順序というものを大切にしているのだろう。私としても、先に身体を綺麗《きれい》に出来るのはありがたい。今日はたくさん歩いたから汗《あせ》もかいてるし。

そのまま私はシャワーを浴びた後、震える手でバスローブに着替え、そのままベッドに腰かけている影人《えいと》のもとへと歩み寄る。

「あ、あの……影人《えいと》……先にシャワー、もらったわ……」

「そうですか」

ベッドから立ち上がった影人《えいと》は、その足で私のところまで近づいてきて――

「…………っ……」

思わず目を閉じる。……ああ、このまま私、ベッドまで運ばれちゃうんだ。その後、影《えい》人《と》に押《お》し倒《たお》されて、好き放題にされちゃって、大人の階段を駆《か》け上がるし、子供は五人。男の子が二人で女の子が三人。きっと男の子は影人《えいと》に似てかっこよくなるし、きっと女の子たちからも好かれるだろうし、女の子の方は私に似て自信家になりそう。休みの日にはみんなでお出かけもしたいし、惚気《のろけ》話だって聞かせてあげたい。あっ、でもその前に恋人《こいびと》としてのデートもしなくちゃ。その後は結婚式《けっこんしき》……あれ？　順序が逆な気が……ううん。もうこの際、順序なんてどうでもいいと思うの。まずは事実。事実さえあればいいの。あとはどうとでもなるわ。なんといっても私は天堂星音《てんどうほしね》。天堂《てんどう》家の娘《むすめ》。お金なんて唸《うな》るほどあるし。圧倒的《あっとうてき》財力で邪魔《じゃま》するものは全部蹴《け》散《ち》らせばいいの。

「お嬢」

「あっ。え、影人《えいと》っ。私、まずは男の子から欲しくて――」

「こちらの服はすぐに処分して、新しいのを手配しますね」

「えっ？」

「大丈夫です。こちらの服も、あとでまったく同じものを用意させますから」

「あの、影人《えいと》？」

「なんですか？」

「………それだけ？」

「それだけとは？」

「だから……その………」

「……ああ、ご心配なく。代わりの服も、お嬢の持つ美しさと品位を損《そこ》ねないものを用意しております」

「そういうことじゃなくて」

話が噛み合ってない気がする。

……落ち着こう。こういう時は、最初から紐解《ひもと》いてみるの。

そもそもなんでこんなことになったんだっけ。えーっと……そう。急にホテルに連れ込《こ》まれたところから。

「ねぇ……そもそもどうして、ホテルに連れてきたの？」

「お嬢に着替《きが》えていただきたかったからです」

「……着替え？　着替えをするためだけにホテルに連れてきたの？」

「着替えをするためだけにホテルに連れて来ました」

「それ以外のことはなし？」

「それ以外とは？」

「………………………」

思わず膝《ひざ》から崩《くず》れ落ちた。

緊張とか、ドキドキとか、そういうのが一気に砂になって崩れ落ちていった。

☆

「着替え……着替えだけ……私は着替えにドキドキしてた変態ってこと……？」

お嬢の目から光が消えて、膝から崩れ落ちている。

やっぱり今日は歩いてばかりだったから疲れたのだろうか。結局、デザートだってまだ食べられていない。手配している着替えが届いたら、すぐにホテルのレストランに行こう。

少なくともテーマパークのものよりはお嬢に相応《ふさわ》しい食事が出るはずだ。

「………」

袋の中に入っているお嬢の服に視線を注ぐ。

脳裏《のうり》を過ぎるのは、あのテーマパークのレストランの一件。酔っ払《ぱら》いの大学生たちの前に毅然《きぜん》とした態度で堂々と立ちはだかっていたお嬢の姿だ。

……正直、近くで腕を掴んでいるだけでもかなりの酒の匂《にお》いがした。

あんな連中がお嬢のすぐ目の前にいたことが許せないし、クズ共の酒の匂いがお嬢の綺麗な髪《かみ》や服に染みついてしまったかもしれないと思うと、腸が煮《に》えくり返るような思いだ。

もう二度とこの服は着てほしくない。

「………流石《さすが》に、過保護すぎるかな」

自分でも分かってる。これは流石に過保護ということぐらい。……いや。違うか。過保護というよりも、独占欲《どくせんよく》になるのだろうか。

「みっともないなぁ…………」

どの分際で独占欲を出しているのだろうか。

お嬢は仕えるべき主であり、俺はただの使用人に過ぎないのに。

何を勝手に独占欲を抱いているのだろう。お嬢に対しても失礼な話だ。

「…………」

ふと、考えてしまう。

このままでいいのだろうか、と。

俺がこんなにも過保護でいたら、お嬢の邪魔になってしまうのではないのだろうか。

お嬢の成長や経験を阻害《そがい》してしまうかもしれない。乙葉《おとは》さんが現れるまで友人があまりいなかったのも、思えば俺がいつもお嬢の傍《そば》にいたからなのかもしれない。俺は主の傍で支えることばかり考えていて、もっと先のことを見据《みす》えられていなかったのかもしれない。

「……ちょっと考えた方がいいかもしれないな」

正直言って、自分がこんなにも独占欲が強いなんて思わなかった。そして、お嬢に対して独占欲を抱いてしまっているとも思ってなかった。最近は自分の知らなかった自分を知ってばかりだけど、果たしてそれがお嬢のためになっているのかどうか……。

「俺もまだまだってことか」

☆

手配した服が届き、お嬢と一緒《いっしょ》にホテルから出てきた頃《ころ》にはすっかり日も暮れつつあった。用事から戻《もど》ってきた乙葉《おとは》さんも合流してようやく約束していた三人での行動になったものの、残念ながら遊ぶ時間は殆《ほとん》どなかった。

「…………」

「…………」

何より、お嬢にしても乙葉《おとは》さんにしても、両者揃《そろ》って落ち込んでいた。

声をかけても上の空で反応も薄《うす》い。

「「はぁ…………」」

落ち込むようなことがあったことだけは分かるが、なぜか二人の息はぴったりだ。ため息まで揃っているぐらいなのだから。

「あ、あの～……お二方、何かあったのですか？」

「「むしろ何もなかった…………」」

「も、もうすぐパレードが始まりますよ。花火もあるらしいですし」

「「へー…………」」

だ、ダメだ……！　二人とも目が死んでいる……！

何を言っても話しかけても反応が薄いし、これはしばらく様子を見てみるしかない。

パレードや花火はこのテーマパーク最大のイベントだ。

少しでも元気になってくれればいいんだけど……。

☆

大通りをＬＥＤの光で装飾《そうしょく》されたキャラクターたちが織り成す賑《にぎ》やかなパレードが通り過ぎていく。頭上では色とりどりの花火が打ち上げられ、カラフルな華《はな》が夜空に咲《さ》き誇《ほこ》っている。

……うん。自分でもびっくりするほどテンション上がらないわ。

「…………」

隣《となり》では乙葉《おとは》もぼんやりと夜空を眺《なが》めているが、リアクションが薄い。

いや、元から感情を分かりやすく表に出さない子ではあったけれど、今は本当に無感情といった様子だ。だって、目が死んでるし。

「……星音《ほしね》。目が死んでる」

「あなたもね……」

「……その自覚はある」

「でしょうね……」

ああ、綺麗だわ……花火もパレードも。きっと全てが上手くいった状態で見てたらさぞかし綺麗だったのでしょうけども……今の私と乙葉《おとは》にとって、その煌《きら》びやかさはあまりにも残酷《ざんこく》だわ……。

「今回は引き分けってところかしらね……」

「……共倒《ともだお》れの間違《まちが》い」

「言わないようにしてたのに……」

今回のデート、私は心の中で乙葉《おとは》との勝負だと思っていた。それはたぶん乙葉《おとは》も同じだったと思う。でもその時点で私たちは間違っていた。

これはある意味で、影人《えいと》との勝負だったんだ……。

見るべき相手を見ていなかった時点で、私たちの敗北は決まっていた。

「「はぁ…………」」

エピローグ　決意

「んで、どーだった。お嬢様《じょうさま》と歌姫様《うたひめさま》とのデートは」


お嬢や乙葉《おとは》さんと一緒にテーマパークへといった翌日。

登校してきて早々に、雪道《ゆきみち》はお出かけの件を問うてきた。俺から話した覚えはないが、この様子だと全て筒抜《つつぬ》けって感じだな。

「俺に何か落ち度があったんだろうな……最後の方は、お二人とも落ち込んでいる様子だった」

「あー……なるほど。何がどうなったのか、今のでだいたいわかったわ」

俺にはさっぱりだが、雪道《ゆきみち》の中では何か色々と思い当たるものがあったらしい。

流石は情報通と言うべきか。こいつの観察スキルは見習いたいものだ。

「…………」

「で、お前はどうしたんだよ」

「何がだ？」

「隠《かく》しても無駄《むだ》だっての。何か悩《なや》んでるのはバレバレだぞ」

……敵《かな》わないな。こいつには。

「まあ、色々と思うところがあってな」

「思うところ？」

「ああ……正直、俺がお嬢の邪魔になってるのかなって」

「なるほどなー。寝言《ねごと》は寝て言えって言葉は、こういう時に使うのか。勉強になったぜ」

「こっちは真剣《しんけん》なんだぞ！」

「うるせぇ！　戯言《たわごと》を聞かされたオレの身にもなれや！」

何が戯言か。こっちは真剣に悩んでいるというのに。

「……まァ、お前がそういうことを言い出すのは初めてだしな。一応、聞いてやらぁ」

「……感謝しとくよ」

色々とアホなところはあるが、雪道《ゆきみち》は何だかんだ話を聞いてくれるんだよな。

「俺は今までお嬢のお傍に仕えてきて、お嬢を支えてきたつもりだ。でもその分、お嬢の成長を妨《さまた》げてきたんじゃないかとも思うんだ」

「……どういうことだ？」

「お嬢に友人があまり出来なかったのも、俺が過保護だったせいなのかと思ってさ。今でこそ乙葉《おとは》さんとか、球技大会の時に仲良くなった方たちはいるけど、どれも俺があまり干《かん》渉《しょう》していない時のことだったし」

「まぁ……色々と突っ込みたいところはあるが、お前の考えることも分からなくはないな。けど、何で急にそんなことを考え始めたんだ？　何かきっかけでも？」

「そうだな……お嬢に対する独占欲とか、自分でも知らなかった自分みたいなのを知る機会があって」

「ほぉー。具体的にはどんなことがあったんだ？」

「えーっと……お嬢と一緒のベッドで寝た時に……」

「ちょっと待て」

話の出だしで止められてしまった。せめて折るなら話の腰にしてくれ。

「何だよ」

「どういう状況《じょうきょう》？」

「お嬢にご褒美《ほうび》をおねだりされて」

「天堂《てんどう》さん、本当によく頑張《がんば》ったんだな……」

「？　そうだな。球技大会ではとても頑張っていたからな」

「まァ、いい。敢《あ》えて何も言うまい。で、何があったんだ」

「……ちょっといじわるしてしまった」

「ちょっといじわるしてしまった？？？」

オウム返しみたいに言葉を口にする雪道《ゆきみち》。

その目はまるで何が起きたのか分からないとでも言わんばかりに見開かれている。

「……おい。そうやっていちいち止められてたら、話が進まないだろ」

「分かった。オーケー。とりあえずお前が話し終えるまで黙ってるから、とりあえず進めてくれ」

雪道《ゆきみち》は手で自分の口を塞《ふさ》ぐと、ゆっくり話を聞く体勢に入った。

それを見た俺はようやく、お嬢へのいじわる……独占欲のようなものを発揮してしまったこと、ついでにテーマパークでの出来事などを話した。

「――――と、いうわけなんだ」

「お前、そろそろ磔《はりつけ》にされても文句言えねぇぞ」

「なんでだよ⁉」

「それが分からねぇやつは世界中の男から石を投げられて当然なんだよ！」

「まったく……お前は相変わらず言葉が大袈裟《おおげさ》だな」

「よーし、頑張った！　頑張ったぞ、オレ！　よくぞこの拳を振り下ろさなかった！　我ながら勲章《くんしょう》ものだぜ！」

雪道《ゆきみち》と話してると、本当に話が進まない時があるんだよな。こいつの悪い癖《くせ》だ。

「つーかお前……そこまでやるならいっそのこと抱いてやれよ」

「抱きしめる？　お嬢を？」

「いや。いい。何でもない。忘れろ……それで、だ。まあ、お前にSっ気と独占欲があるのは分かった。それはいいとして、お前は何を悩んでるんだ？」

「………これはまだ頭の中で考えているだけのことなんだけど」

一晩考えてみて、こうして学園に登校して、こいつと話をしてみて。

頭も冷えたけれど、それでも考えは変わらなかった。だからこれはきっと、俺の中では決まったこと。決めたことになるんだろう。

「俺さ。ちょっと、天堂《てんどう》の家から離《はな》れてみようと思うんだ」

「………………」

「……リアクションぐらいくれよ」

「……いや。すまん。思ってもみなかったことだから、マジで驚《おどろ》いた」

「正直、自分でも驚いてる。こんなこと、つい最近まで考えたこともなかった」

俺はずっとずっと、お嬢の傍にいるものだと思っていたから。

「テーマパークの一件で俺も自分の未熟さを思い知った。天堂《てんどう》家という環境《かんきょう》に甘《あま》えていたのかもしれない。これを機に自分を見つめ直し、お嬢を支えるに相応しい人間にならないといけない。俺が未熟なせいでお嬢の成長を阻害するなんて、あってはいけないからな」

「お前のその世界一無駄な忠誠心には恐《おそ》れ入るよ」

世界一無駄とは失敬な。『無駄』は要《い》らないだろうよ『無駄』は。

「でもそれ、許可は下りるのか？」

「さあな。まだ俺が勝手に考えてる段階だし、当分はお嬢のお世話が出来なくなる。お許しが出なかったら出なかったで、別の方法でお嬢のために己《おのれ》を磨《みが》くのみだ……それに、あくまでも一時的なものだし」

「一時的っていうと……そういやもうすぐ夏休みだな」

「ああ。夏休みを利用してなんとか出来ないかと思ってる。だから、仮に許可が下りたら……ちょっと力を貸してほしいんだ。一人暮らしはやったことがないし」

「ま、見ている分には面白《おもしろ》そうだし、その時は力になってやらんでもないが……はてさて、一体どうなることやら……」

☆

――なんていう話を、私は教室の廊下《ろうか》から聞いていた。

厳密には読唇術《どくしんじゅつ》で二人の会話を読み取ったのだけれども、そんなことは些細《ささい》なこと。

「……影人《えいと》が、天堂《てんどう》家から離れる………」

彼《かれ》なりに私のことを色々と考えてくれているということは十分に伝わってきた。

けれどそれ以上にショックの方が大きい。期間限定とはいえ、影人《えいと》が傍に居なくなる生活なんて、今まで考えたこともなかったから。

結局それも私が許可を出すか出さないか次第《しだい》なところもあるけれど……私のワガママで、影人《えいと》の邪魔をしたくないし。もし頼《たの》まれたら何だかんだ言いながら、見栄《みえ》を張って出しちゃうんだろうな……。

……ううん。後ろ向きなコトばかり考えても仕方がない。

少しは前向きに考えよう。これはある意味でチャンスなのかもしれない。

以前、影人《えいと》と私の距離《きょり》を少し離してみることで意識してもらおうと試みたことがあった。

乙葉《おとは》というとんでもない泥棒猫《どろぼうねこ》を呼び寄せてしまったことで一度は封印《ふういん》した試みだけど……これを機に、もう一度試《どため》してみるのもいいかもしれない。

距離を離すにしては、前はちょっと中途半端《ちゅうとはんぱ》だったし。

……………また泥棒猫が増えてしまう可能性もあるけれど、それはそれ。どうせほっといても増えそうだし。そもそも今まで傍にいても増えていたし。今更《いまさら》、十人や二十人増えたところでそんなものは誤差だ。それぐらいの人数が誤差になってしまうぐらいなのだから。

「このピンチを、チャンスに変えてみせるわ……！」

私は一人拳《こぶし》を握《にぎ》りしめて、決意を固める。

——そして、夏休みが始まった。

番外編　「お嬢」と呼ぶようになったわけ

——これは、ある夜の出来事。

「お嬢。こちら、ご要望の書物となります」

「ありがとう」

そうお礼を言いつつ、お嬢はパソコンの画面に集中して少しも顔を離さず、キーボードを絶え間なく叩《たた》いている。画面は俺では理解できない複雑怪奇《ふくざつかいき》な文字や数字の羅列《られつ》……恐らくプログラムであろうものでびっしりと埋《う》め尽《つ》くされていた。

「開発に没頭《ぼっとう》するのも結構ですが、根を詰めすぎると体に毒ですよ」

「もう少しで区切りがいいとこまでいくから」

「……分かりました。書物の方は、テーブルに置いておきますね」

天堂《てんどう》家の地下書庫には、世界中のあらゆるジャンルの書物が所蔵されている。

一般《いっぱん》には出回っていない貴重な研究資料も眠《ねむ》っていたりするので、一部の研究者にとっては大枚をはたいてでも入りたい楽園だったりするそうだ。

それだけにセキュリティも厳重だし、本はかさばるし数も増えれば重くもなる。なのでたまにこうして、お嬢が必要とする本を俺が書庫まで取りに行くことがあるのだ。

そしてそういう時はだいたい、お嬢が何かの研究・開発に没頭していることが多い。

多才で努力家なお嬢だが、最も恐るべきはただの天才というわけではなく、お嬢が持つ才能のジャンルの広さだ。

勉強やスポーツといった学生的なものは勿論《もちろん》のこと、機械工学や生物工学、アプリやシステム開発、飲食店におけるメニュー開発やテーマパークのアトラクションの設計、集客に関する助言、更《さら》には芸術の分野でもその才能を発揮し、その全てで素晴《すば》らしい結果と成果を残している。

天堂《てんどう》グループ系列の会社から発売され、記録的な売り上げ台数を記録した最新の電気自動車や、この前打ち上げに成功したとニュースで報道されていたロケットも、お嬢が持つ特許の技術が使われているのだ。

大袈裟ではなく、お嬢は世界を動かしているお方だ。そんな人に仕えることができるのはやはり誇らしい。勿論、仮にそんな実績がなくてもお嬢のことは尊敬しているが、お嬢が才能と努力で積み上げてきた実績を否定したくないし、惜《お》しみない称讃《しょうさん》をおくりたい。

「まったく……そこまで夢中になって、今度は何を作ってるんですか？」

きっと凡人《ぼんじん》の俺では想像もつかないような、素晴らしいものに違いない。

「ラッキースケベ誘発《ゆうはつ》装置よ」

「天才的な頭脳でなんてもの作ってるんですか⁉」

「私が独自に作り上げた特殊《とくしゅ》な粒子《りゅうし》を一定範囲内《はんいない》の空間に散布した後、粒子によって任意の対象物の運動エネルギーの生成・干渉・制御《せいぎょ》を行うことで、なんかいい感じにラッキースケベなイベントを誘発させる（私にとっての）決戦用装備よ」

「しょーもない名前の装置なのになんですかその無駄に壮大《そうだい》なギミック……！」

「誰《だれ》のせいで無駄に壮大なものを造らなきゃいけなくなってると思ってるの⁉　私はこれに縋《すが》りたくなるぐらいに追い詰められてるのよ！」

「なんで俺が怒《おこ》られてるんですか……」

流石にこんなもん作ってるなんて想像できるわけがなかった。

「あのね、影人《えいと》。私は真剣なの。この装置の開発は、私にとって長年の悲願なの」

「お嬢の素晴らしい才能が長年それを作るために費《つい》やされてると知ったら、天堂《てんどう》グループの研究者たちが嘆《なげ》き悲《かな》しみますよ」

「そうかしら？　言っておくけど、この前打ちあがった天堂《てんどう》グループのロケットに使われてる姿勢制御用プログラムだって、元はラッキースケベ誘発装置の開発過程《かてい》で生まれたプログラムをベースにして私が作り上げたものなのよ？」

「知りたくありませんでしたよそんな情報！」

あのロケットの開発にはお嬢が関わっていたというのは当然知っていたが、まさかそんな関わり方をしていたとは思ってもみなかった。

「――――ふぅ……そろそろ休憩《きゅうけい》ね」

たん、とキーを押したお嬢は椅子《いす》に座《すわ》ったまま身体を伸《の》ばす。

そのタイミングで淹《い》れたての紅茶を置く。今は夜なので、紅茶もカフェインレスのものの中からお嬢がいつも好んで飲んでいるものを選んだ。

「ありがと。……やっぱりあなたの淹れてくれたお茶が一番ね。疲《つか》れもあっという間に吹《ふ》き飛んじゃうもの」

「俺にとっては最高の誉《ほ》め言葉ですが、疲れるまで開発に没頭している物の正体を聞いた後だと少し……いやかなり複雑です。というかなんですかラッキースケベ誘発装置って。ご令嬢《れいじょう》が口にしていい名前じゃないですよそれ」

「分かりやすくていいじゃない。……言っておくけど、この装置の開発過程で生まれた技術がもたらした利益で、天堂《てんどう》グループは一回り大きくなったんだからね」

「知りたくなかった、そんな情報……」

どんどん知りたくなかったことが明らかになっていく。

「それにしても……お嬢がここまで開発に時間をかけているなんて、名前の割にかなり大《おお》掛《が》かりな装置なんですね」

「そうねぇ。やっぱり人工知能を搭載《とうさい》するとなると、学習に時間もかかるし……」

危なかった。思わず膝から崩れ落ちそうになるところだった。

人工知能。ラッキースケベ誘発装置なんていうふざけた装置に人工知能。

「………ちょっと待ってください。天堂《てんどう》家が巨額《きょがく》の予算を投じて独自開発した人工知能ってもしかして……」

「私のラッキースケベ誘発装置に搭載予定の人工知能のプログラムを提供してあるわ。もしこの装置が完成すれば、天堂《てんどう》家の人工知能とは姉妹《しまい》ということになるわね」

「知りたくなかった真実がとめどなく流《なが》れ込んでくる……！」

「あのねぇ……言っておくけど、このプログラムを提供した時、天堂《てんどう》家の開発チームは皆《みな》が『流石はお嬢様です！』って、それはもう私を女神《めがみ》のように崇《あが》め讃《たた》えて……」

――――と、お嬢は急に言葉を止めた。

「……ねぇ、影人《えいと》。前から気になってることがあるんだけど」

「なんでしょう？」

「あなたって、どうして私のことを『お嬢』って呼ぶの？　他の使用人たちやグループの人間は『星音様《ほしね》』だったり『お嬢様』だったりするのに」

「あぁ、そのことですか……別に大した理由ではないのですが……」

「大した理由じゃなくても訊《き》いてみたいわ。……ふふっ。あのね、実を言うと、結構好きなのよ。あなたのその呼び方」

「そうなのですか？」

「ええ。なんだか『特別』って感じがして。でも、理由の方は知らなかったなって」

つまり好奇心《こうきしん》がわいてきたってことか。

「分かりました。隠すほどのことでもありませんから、お話します。……といっても、大した話でもありませんが」

「あなたが話してくれることは、私にとってはどれも大した話よ」

流石はお嬢。俺が話しやすいように、気分を乗せてくれようとしているのだろう。

「……あれは、俺がお嬢に拾っていただき、あなたに仕えることを決めた後のことです」

☆

天堂《てんどう》家の使用人となるには、様々な訓練や鍛錬《たんれん》を積む必要がある。

屋敷《やしき》に居るメイドたちも一見するとただのメイドだが、それぞれが訓練を積み、特殊な技能を兼《か》ね備《そな》えたスペシャリストたちだ。だから創作物などでよくある使用人に化けて潜《せん》入《にゅう》……なんてのは、ほぼ不可能と言っていい。そんなに容易《たやす》くなれるものでもないからだ。

そして俺《おれ》も、一日でも早くお嬢に仕えるべく訓練に励《はげ》んでいた。

……ほんと懐《なつ》かしいな。あの頃は旦那様《だんなさま》に毎日厳しく鍛《きた》えていただいたっけ。おかげで今では、大型トラック程度なら撥《は》ねられても衝撃《しょうげき》を受け流して無傷でいる術を身に付けることができた。流石にロケットが衝突《しょうとつ》してきたら痣《あざ》ぐらいできるかもしれないけど。

幸いにして俺には才能があったらしく、体術訓練の方は順調だった。努力も重ねた。おかげで今はこうしてお嬢の傍にいられるぐらいになった。……どちらかといえば、一番大変だったのは座学だ。天堂《てんどう》の家に仕える者として、何よりお嬢の傍で仕える者として、覚えるべきことは星の数ほどあった。

こればかりは物量の問題なので、俺は日々の生活の中でも隙間《すきま》を縫《ぬ》って必死に知識を詰《つ》め込んだ。その時に役立ったのが、旦那様が用意してくださった映像資料である。

☆

「映像資料？」

「はい。奥様《おくさま》と共に作成されたＤＶＤなのですが、これが本当に凄《すご》いんですよ。勉強に必要な知識を分かりやすく、短時間で学習できるように工夫《くふう》されていて。これには随分《ずいぶん》と助けられましたし、今では天堂《てんどう》家使用人養成カリキュラムにも採用されているほどです」

「ふーん。あの二人がそんなものをねぇ……私の時は用意してくれなかったくせに」

「あくまでも天堂《てんどう》家の使用人に必要な知識ですし……それにお嬢の場合、そういったものを使わなくてもよいぐらいの素晴らしい頭脳をお持ちですから」

「まぁいいわ……で、その映像資料とやらと、私を『お嬢』って呼ぶようになったのが、一体どういう関係があるの？」

「………実はそのＤＶＤの中に、ある映像が混入していたんです」

「ある映像？」

「はい。偶然《ぐうぜん》にも目にしたあの映像……思えばあれが全ての始まりでした――」

☆

映像資料のＤＶＤは俺のカリキュラムの進行に合わせて作られているもので、あの日の俺が再生させたものは、ちょうどお嬢の傍に仕える者としての振《ふ》る舞《ま》いについてのものだった。俺の目指すべきもの。俺のなりたいと思ったものに関わるものだから、いつも以上に画面に集中した。

そこに映っていたのは、ある漢《おとこ》の生きざま。降り積もる雪の最中、組長の孫娘《まごむすめ》である『お嬢』を守り抜《ぬ》き、彼女《かのじょ》の腕《うで》の中で息絶えた最期《さいご》は俺の心に深く刻《きざ》み込まれた。俺は学んだのだ。主を護《まも》る漢の姿はこういうものなのだと。

そして、主のことを『お嬢』と称《しょう》するのが天堂《てんどう》家では普通《ふつう》なのだと！

ちなみに後日、旦那様と奥様に感想を熱く語ったところ、まったく関係ない別のＤＶＤを誤って渡《わた》してしまったことが発覚したりしたことはあったけど、俺は学んだのだ！

☆

「……………えーっと。つまり、手違《てちが》いで資料の中に混ざった任侠《にんきょう》映画を見て影響《えいきょう》を受けてしまった、ってこと？」

「そういうことになりますね」

「思っていたよりもしょーもない理由だったわね」

「お嬢にだけは言われたくないんですけど⁉」

ラッキースケベ誘発装置なんてしょーもないものを造ってる人にだけは特に。

「旦那様と奥様は面白がって、『そのままでいい』と仰《おっしゃ》ってたので、そのままになってしまって……ご不快なようでしたら、すぐに直すよう努力しますが」

「むしろ直しちゃだめ。私が許さないし許可もしない。その呼び方のままでいなさい」

「それはありがたいのですが、なぜですか？」

「だって私のことを『お嬢』っていうのは影人《えいと》だけだし。影人《えいと》だって、『お嬢』なんて呼び方をするのは、私に対してだけでしょう？」

「それは勿論」

「だからよ」

お嬢はとても機嫌《きげん》よさそうに微笑《ほほえ》んだ。

「私に対してだけの特別な呼び方なんて、とってもステキだもの」

■あとがき

はじめましての方は、はじめましてとなります。
久しぶりの方は、久しぶりとなります。左リュウです。
これから読む方も既に読んだ方も、この作品を選んでいただいたことに感謝します。

本作「俺が告白されてから、お嬢の様子がおかしい。」は、「第3回HJ小説大賞前期『小説家になろう』部門」において、受賞した作品となります。ちなみにその時のタイトルは【仕えているお嬢様に「他の女の子から告白されました」と伝えたら、めちゃくちゃ動揺しはじめた。】でした。出版にあたってタイトルを変更した……わけではなく。選考中になんとなく「タイトルのまとまり悪いな……変えるか」と思ったので変えました。今のタイトルの方がまとまりよくなったと思います。

どこかに書いてるかもしれませんがこの作品は、

・恋愛ポンコツ金髪お嬢様ヒロインが書きたい。
・『お嬢』呼びの顔の良い男が書きたい。
・明るくて楽しいラブコメが書きたい。

の三点で構成されております。ちなみに『明るくて楽しいラブコメ』の部分は『バカみたいなラブコメ』に変換可能です。

とにかくお嬢こと星音は書いてて楽しかったです。

可愛らしい金髪ロングお嬢様がコメディ全開でから回っては返り討ちにされる様は楽しいですね。

今回、イラストを担当している竹花ノート様がキャラデザの際、星音にアホ毛をつけてくれました。星音のアホ毛は執筆段階では特にイメージしていなかったのですが、一人で『ラブコメ』の『ラブ』と『コメディ』の部分を担っている星音にめちゃくちゃピッタリはまってると思います。竹花ノート様、ありがとうございました。

星音は最強のスペックを無駄使いしまくるようなやつですが、これからもどんどん無駄使いしてほしいですね。たぶんしていくと思います。

彼女はヒロインではありますが、この作品は「お嬢様が攻略する話」でもあるので、主人公でもあります。そのせいで一応の主人公であるはずの影人が「微妙に影が薄くない？」と思わなくもないですが、影人は主人公でありながら難攻不落の高難易度ボスでもあるので別にいいかも。そんな主人公の影人ですが、左リュウが一級フラグ建築士の主人公を摂取してきて育ってきた世代なので影響がかなり強く出ています。

最近だとヒロインとの一対一のラブコメが主流になっているので一周回って珍しい感じがしますし、この作品自体が平成を感じる平成のラブコメになってると思います。でもそういうのは今でも好きなので、平成の力、継承していきたいですね。

そして羽搏乙葉。もう一人のヒロインとして登場しました。星音の脅威となるには相応のスペックがないと……ということで歌姫です。星音とは違ったテンション感やテンポ感でこちらも楽しく書けました。……と、思っていたらちょくちょく星音のテンションに引っ張られていることもあり、良くも悪くも染まっているなと感じています。星音にしても乙葉にしても突出した存在なので、友人と呼べるだけの人はあまりいません。同じ高難易度ボスに挑むライバルですが、良い友人になれる二人だと思います。

このあたりで謝辞を！

まずは編集のA様！　ありがとうございました！　この作品の良き理解者であるA様に

は、とても助けられました！

イラストを担当してくださった竹花ノート様！　素敵なイラストをありがとうございます！　キャラデザや表紙をはじめとしてどれも最高でした！　縦横無尽に好き放題から回る星音の可愛さを、イラストの力で限界以上に高めていただけたと思います！

そして……この本を出版するにあたり力を貸してくださった多くの方々や、この本を手に取ってくれた読者の皆様、ありがとうございます。

またお会いできることを願っております。

HJ文庫　https://firecross.jp/
1131

俺が告白されてから、お嬢の様子がおかしい。1

2023年12月1日　初版発行

著者——左リュウ

発行者—松下大介
発行所—株式会社ホビージャパン

〒151-0053
東京都渋谷区代々木2-15-8
電話　03(5304)7604（編集）
　　　03(5304)9112（営業）

印刷所——大日本印刷株式会社

装丁——小沼早苗（Gibbon）／株式会社エストール

Printed in Japan

ISBN978-4-7986-3357-2　C0193

お酒と先輩彼女との甘々同居ラブコメは二十歳になってから 1

著者／こばやJ
イラスト／ものと

最高にえっちな先輩彼女に甘やかされる同棲生活！

二十歳を迎えたばかりの大学生・孝志の彼女は、大学で誰もが憧れる美女・紅葉先輩。突如始まった同居生活は、孝志を揶揄いたくて仕方がない先輩によるお酒を絡めた刺激的な誘惑だらけ!?　「大好き」を抑えられない二人がお酒の力でますますイチャラブな、エロティックで純愛なラブコメ！